ラストで君は「まさか!」と言う

デジャヴ

PHP

もくじ

contents

●執筆担当

桐谷 直（p.6〜12、72〜75、120〜127、158〜167、183〜190）
ささき あり（p.13〜20、83〜88、138〜143、199〜207）
ささき かつお（p.21〜22、61〜64、104〜107、115〜119、154〜157、173〜182、191〜198）
染谷果子（p.23〜32、89〜93）
たかはし みか（p.33〜39、76〜82、94〜103、168〜172）
長井理佳（p.40〜47、130〜137）
萩原弓佳（p.48〜52、128〜129、144〜153）
近藤順子（p.53〜60、65〜71、108〜114）

ぼくのおとうと

弟のリクが生まれたのは、僕《ぼく》が三歳《さい》の夏だった。僕《ぼく》は小さくて、うちに新しい家族が増《ふ》えるなんてことは考えもしなかった。だから、お母さんが生まれたばかりのリクを病院から連れて帰ってきた時、僕《ぼく》はちょっと……ううん、すごくびっくりしたんだ。

「この子の名前はリクっていうの。仲よくしてね、ソラ」

「うん。いいよ。僕《ぼく》の弟なんでしょ？」

僕《ぼく》はお母さんの腕《うで》に抱《だ》かれた小さな弟をのぞき込《こ》んでそう答えた。

リクはちっちゃくて弱々しくて、目を離《はな》したらすぐに死んじゃいそうに見えた。そのくせ、目も鼻も口も、小さい手の指の先までぜんぶ、ちゃんと人間の形をしているんだ。

「甘《あま》いミルクのにおいがするね」

僕《ぼく》は、リクのやわらかそうなほっぺにさわってみた。どんな感じかなって思ったんだ。

そうしたら、お母さんは「ダメよ、ソラ」と言い、リクを抱《だ》いたまま立ち上がった。

「僕《ぼく》、リクと遊びたいんだもん」

「まだ赤ちゃんだからすぐには遊べないの。もう少し大きくなったらね」

お母さんはそう言って、リクを柵《さく》のある小さなベッドに寝《ね》かせた。

リクはびっくりするくらい大きな声で泣く。手足をモゾモゾと動かしたり、やわらかい体をねじって顔を赤くしたり。たったそれだけのことなのに、お母さんはいつまでも飽《あ》きずに眺《なが》めている。そっとなでたり、優《やさ》しい声であやしたりするんだ。

リクが生まれるまでは、いつも僕《ぼく》のことを見ていてくれてたのに。

僕《ぼく》はしょんぼりして椅子《いす》に上がり、やわらかいクッションに顔をうずめた。

「やきもちを焼いてるんだろう、ソラ？」

会社から帰って来たお父さんがからかうように言った。胸《むね》がチクチクする。

「そんなふうに言っちゃダメよ」

お母さんがそう言って立ち上がり、僕《ぼく》を抱《だ》き上《あ》げてくれた。

「心配しないでね。私《わたし》もお父さんも、あなたが大好きよ」

優《やさ》しいお母さんの腕《うで》の中で、僕《ぼく》はなんだか泣きそうになった。


リクが生まれて三回目の夏。僕《ぼく》は六歳《さい》になっていた。

涼《すず》しい高原へ遊びに出かけた僕《ぼく》たちは、森の中の静かなキャンプ場で楽しい時間をすごしていた。お父さんはバーベキューの準備《じゅんび》をして、お母さんはテーブルにごちそうを並《なら》べている。僕《ぼく》はひと時もじっとしていないリクの見張《みは》り番だ。

「リク！　僕《ぼく》にボール投げて！　リクってば！」

「あっ。あそこ、なんかいる！　あれなあにー？　パパー。ワンワン？」

僕《ぼく》とボール遊びをしていたリクが、後ろの森を指さしてお父さんに聞いた。リクが見つけたのは、藪《やぶ》にひそんでこっちを見ている尻尾《しっぽ》の太い動物だった。

「お、野生のキツネだ。コンコンだな。近づいちゃダメだぞ、リク」お父さんが次々とお肉を焼きながら、僕《ぼく》たちを振《ふ》り返《かえ》って言った。「もうすぐ夕飯だぞー」

「リク。ほら、ダメだって。ボール遊びの続きをしようよ」

僕《ぼく》はリクの袖《そで》を引《ひ》っ張《ぱ》ったけど、何かに夢中《むちゅう》になった時のリクは僕《ぼく》の言うことなんて聞きやしない。イヤイヤして足を踏《ふ》ん張《ば》っている。

「ヤダもん！　コンコンみるもん！　コンコン！」

僕《ぼく》はカチンときてキツネを追《お》い払《はら》った。「ほら。あっちいけ！　シッ！　シッ！」

「コンコン、いっちゃった……。もっとみたいよう！」

リクが駄々《だだ》をこねた。僕《ぼく》だって、時々は弟の面倒《めんどう》をみるのがイヤになる。

「じゃあ、好きにして。僕《ぼく》、もう、知らないよ！」

僕《ぼく》はお父さんのところに走って戻《もど》り、焼けたお肉を見て大はしゃぎした。

「わーい！　お肉！　お肉！」

「ソラの大好物だもんな。今日はいっぱい食べていいんだぞ」

お父さんが僕《ぼく》を見て楽しそうに笑う。お母さんも、僕《ぼく》の写真を撮《と》りながら笑った。

「はい、ソラ、いい顔ね。今度はリクと一緒《いっしょ》に並《なら》んで撮《と》ろうか。リク、おいで」

カメラを持ったままあたりを見渡《みわた》すお母さんが、不安そうに言った。

「ねぇ、リクがいないわ。どこへ行ったのかしら」

「なんだって？」お父さんがはじかれたように顔を上げ、森を振《ふ》り返《かえ》る。

お父さんとお母さんは真《ま》っ青《さお》になってリクを探《さが》した。だけど、どこにもリクの姿《すがた》はない。夕暮《ゆうぐ》れ迫《せま》る深い森が、小さなリクをすっぽりと隠《かく》してしまったんだ。

太陽がしずみかけていた。森の奥《おく》は、すでにうす暗い。すぐに夜がやって来るだろう。

「どうしよう。あの子にもしものことがあったら」お母さんが泣く。

「リクは好奇心《こうきしん》の強い子だから、もしかして何かを見つけて森の奥《おく》へ……」お父さんがハッとしたように言った。「キツネだ！　キツネを追ったんだ！」

キツネ……僕《ぼく》の心臓《しんぞう》がドキンと大きく鳴った。僕《ぼく》が、リクの見たがっていたキツネを追《お》い払《はら》ったからだ。そして、リクをひとりにしたから……。

本当は、僕《ぼく》はちょっとだけリクが邪魔《じゃま》だった。お父さんもお母さんも、リクのほうがかわいいんだって思うことがあったから。だけど、リクがいなくなっちゃうなんてイヤだ。

当たり前のように、僕《ぼく》の隣《となり》にいたリク。毎日一緒《いっしょ》に遊んで、いっぱい楽しい時間をすごした。小さなプールで水遊びしたり、虫の声を聴《き》きながらお散歩したり。遊《あそ》び疲《つか》れて、夜はふたりでぐっすりと眠《ねむ》った。リクの明るい笑い声が大好きだった。

リクが心配でたまらない。どこへ行っちゃったの？　リク。

その時、森の木々をザワリと揺《ゆ》らして風が空き地を吹《ふ》き抜《ぬ》けた。森を見つめていた僕《ぼく》の頭に、リクの姿《すがた》がよぎる。キツネを追うリク。あの小道から森の奥《おく》へ入って――。

「お父さん、お母さん、リクはあっちの森の中だ！」

僕《ぼく》は大きな声で叫《さけ》んだ。ふたりがおどろいて僕《ぼく》を振《ふ》り返《かえ》る。

「ほら、リクの声がする。助けを呼《よ》んでる。僕《ぼく》には聞こえるんだ！」

言葉で伝えられないのがもどかしかった。お父さんとお母さんの耳には、いつだって僕《ぼく》が「ワン！　ワン！」と吠《ほ》えているようにしか聞こえないんだから。

「きっと、ソラが何か気づいたんだわ！　私《わたし》たちを案内しようとしているのよ！」

僕《ぼく》は耳を澄《す》まし、鼻を上にあげた。森のにおいがする。キツネやほかの動物、草や湿《しめ》った土……。風に乗ってふわりと流れてくるリクのにおいを、僕《ぼく》はハッキリと感じた。

「こっちだよ！　ついて来て！」

僕《ぼく》は脚《あし》で草をけり、リクのいる場所へ向かって全力で駆《か》け出《だ》した。僕《ぼく》にしか嗅《か》ぎ分《わ》けられないリクのにおい。小道にリクの帽《ぼう》子《し》が落ちている。やっぱり、ここを通ったんだ。

ついに僕《ぼく》は、斜面《しゃめん》から足を滑《すべ》らせ、藪《やぶ》に引っかかって泣いているリクを見つけた。

僕《ぼく》は「ワン！　ワン！」と鳴いてお父さんたちを呼《よ》んだ。僕《ぼく》を振《ふ》り返《かえ》るリク。

僕《ぼく》が近づくと、リクは安心したのか、声をあげて泣きはじめた。ぬれたホッペをペロペロとなめてあげると、しょっぱいなみだの味がする。

リクが、しゃくりあげながら僕《ぼく》を抱《だ》きしめて言った。「だいすき。ソラ」

僕《ぼく》も大好きだよ、リク。やんちゃだけど、かけがえのないかわいい弟。本当に助かってよかった。きみは人間、僕《ぼく》は犬だけど、これからもずっと仲よく遊ぼうね。

笑顔《えがお》になったリクを見たらものすごくうれしくなって、僕《ぼく》はいっぱい尻尾《しっぽ》を振《ふ》った。

雨の日カフェ

灰色《はいいろ》の空から絶《た》え間《ま》なく、雨粒《あまつぶ》が落ちてくる。

凛花《りんか》は窓《まど》の外を眺《なが》めながら、電話をかけた。雨の日だけ開く「雨の日カフェ」に予約を入れるためだ。

電話を切ると、凛花《りんか》はうつむいて息を吐《は》いた。

――心配すんな。

勇人《ゆうと》の真剣《しんけん》な顔が浮《う》かぶ。

「ちゃんと話せるかな……」

凛花《りんか》は不安げに外を見た。

雨の日カフェは最寄《もよ》り駅から六つ先、日ごろは行くことのない町にある。駅から迷《まよ》わなければ歩いて十分ほど、石畳《いしだたみ》の路地裏《ろじうら》にひっそりと佇《たたず》む店だ。

凛花《りんか》がこの店に行くのは三回目。以前は途中《とちゅう》で道に迷《まよ》ってしまい、倍以上時間がかかったが、今回はすんなり着いた。

こげ茶色のドアを開けて、店員に告げる。

「十一時に予約した、樋口凛花《ひぐちりんか》です」

「お待ちしておりました」

案内されたボックス席に座《すわ》ると、店員が銀色のトレーにハンカチを並《なら》べ、やってきた。

「どれになさいますか？」

「えっと、これにします」

凛花《りんか》は少し迷《まよ》ってから、水色のハンカチを手に取った。雨がやみ、すっきりと晴れあがった空のような色だ。

（こんな気持ちで話せますように）

ハンカチに願掛《がんか》けをしていると、店員がハーブティーを持ってきた。

凜花《りんか》はひと口飲んで、カップをソーサーに置いた。その時、

「久《ひさ》しぶり」

向かい側の席に、勇人《ゆうと》が座《すわ》った。

トクッと、心臓《しんぞう》が音を立てる。

「うん……、久《ひさ》しぶり」

凜花《りんか》は膝《ひざ》に置いたハンカチを、ぎゅっと握《にぎ》りしめた。

勇人《ゆうと》に会うと、決まって同じ話になる。

凜花《りんか》は高校一年の時、学園祭実行委員になり、勇人《ゆうと》と知り合った。クラスはちがったが、同じ後夜祭の運営《うんえい》チームとして、よく話すようになった。

後夜祭では校庭につくられた舞台《ぶたい》で、ダンス同好会や軽音部などがタイムテーブルに沿《そ》って日ごろの成果を披露《ひろう》していく。その進行をするのが、後夜祭チームの主な役目だ。

勇人《ゆうと》は今回、新しい試みをしたいと言った。

「オープニング映像《えいぞう》をつくるのは、どうですか？」

勇人《ゆうと》が提案《ていあん》したのは、学園祭の準備《じゅんび》期間から学園祭初日までの写真を、音楽と合わせた映像《えいぞう》にして校舎《こうしゃ》の壁《かべ》に映《うつ》し出《だ》す、というものだった。

「うちの生徒、自分たちが映像《えいぞう》になっているとわかったら、盛《も》り上《あ》がるだろうな。カッコいいやつ、つくろうぜ」

みな乗り気になったが、先輩《せんぱい》が「ただ、」とつけ加えた。

「準備《じゅんび》期間の映像《えいぞう》は事前につくれるけど、学園祭初日の様子を撮《と》って編集《へんしゅう》する作業は、時間との闘《たたか》いになるよ。初日はほかにもいろいろやることがあるし……」

「編集《へんしゅう》は、オレがやります。あとひとり、初日の撮影《さつえい》を手伝ってくれる人がいたら、助かるんだけど……」

「私《わたし》、やる！」

凛花《りんか》は、すぐに手をあげた。委員としてやるからには、新しい試みに関わりたかった。

その日から、凛花《りんか》たちは後夜祭のタイムテーブル、舞台《ぶたい》、音響《おんきょう》の準備《じゅんび》をするのと並行《へいこう》して、オープニング映像《えいぞう》の素材《そざい》を集めて編集《へんしゅう》していった。

勇人《ゆうと》はどんな作業も、楽しそうにやっていた。勇人《ゆうと》がいるだけで、その場が和《なご》む。凛《りん》花《か》は、いつしか勇人《ゆうと》を目で追うようになっていた。

学園祭初日、ほかのメンバーが後夜祭の舞台《ぶたい》をセットしている間、凛花《りんか》と勇人《ゆうと》は手分けして各教室をまわり、生徒の様子を撮影《さつえい》していった。

ところが夕方、凛花《りんか》は撮影《さつえい》データをパソコンに入れる前に、うっかり消してしまった。

「どうしよう……」

おろおろする凛花《りんか》に、勇人《ゆうと》はきっぱり言った。

「心配すんな。明日《あした》の午前中に撮影《さつえい》すれば、間に合う。オレがぜったい、間に合わせる！」

その言葉通り、勇人《ゆうと》はタイムリミット十五分前に映像《えいぞう》を完成させた。

後夜祭が始まり、プロジェクターで映《うつ》し出《だ》された映像《えいぞう》に、生徒は大いに盛《も》り上《あ》がった。

パソコンを操作《そうさ》していた凛花《りんか》と勇人《ゆうと》は顔を見合わせて、ハイタッチした。

「やった！」

勇人《ゆうと》が笑う。それから急に真剣《しんけん》な顔をして、頭を下げた。

「ありがとう。樋口《ひぐち》が協力してくれたおかげで、いい映像《えいぞう》になった」

「え、そんな……、私《わたし》の失敗をフォローしてくれたのは、永田《ながた》くんだよ」

「オレ、樋口《ひぐち》が好きだ。つき合ってくれないか」

凛花《りんか》の息が一瞬《いっしゅん》、止まった。体温が上がり、心臓《しんぞう》の音が速くなる。口の中がカラカラに乾《かわ》いてうまくしゃべれないが、凛花《りんか》はなんとか「はい」と、絞《しぼ》り出《だ》した。


凛花《りんか》は思い出を語り、ふふっと笑った。

「おたがい、つき合うのは初めてだったから、何をするにも、どこかぎこちなくて、ふわふわしてたね」

勇人《ゆうと》が照れくさそうに笑う。

「カッコつけようとして、かえって、カッコ悪いことばかりしてた」

「大学受験で余裕《よゆう》がなくなって、気まずくなったこともあったけど、卒業前に勇人《ゆうと》が『これからも、ずっと気持ちは変わらない』って言ってくれて、うれしかった。スゴく幸せだったから、会えなくなって……」

なみだがあふれて、言葉に詰《つ》まる。

勇人《ゆうと》は膝《ひざ》の上でこぶしを握《にぎ》り、うつむいた。

「ごめん」

凛花《りんか》は首を振《ふ》った。

「ううん」

なみだをぬぐい、決意したように口を開く。

「私《わたし》、結婚《けっこん》するの」

勇人《ゆうと》が、小さくほほ笑《え》んだ。

「やっと、これからの話ができるようになったんだね」

「私《わたし》、これまでずっと思い出の中にいた。でも、ようやく前に進めそう」

勇人《ゆうと》は凛花《りんか》の言葉を飲《の》み込《こ》むように、深くうなずいた。

「きみの時間を大事に生きて欲《ほ》しい」
凛花《りんか》は笑顔《えがお》をつくろうとして顔をゆがめた。広げたハンカチに顔をうずめる。
勇人《ゆうと》が立ち上がり、遠ざかっていく気配がした。
それから、どれくらい泣いただろう。
ようやくなみだが引くと、凛花《りんか》は冷めたハーブティーを飲みほして立ち上がった。
レジに行くと、店員が言った。
「まだ、ハンカチは必要ですか？」
凛花《りんか》は首を横に振《ふ》り、店員にハンカチを返してドアを開けた。
雨あがりの空がまぶしい。
凛花《りんか》がドアを閉《し》めると、ウエルカムボードが小さく揺《ゆ》れた。
『ここは、亡《な》くなった人と会える場所。心に残った思いを浄化《じょうか》する店です』

聖《せい》なる剣《けん》

サバロニア国のクララ姫《ひめ》は二十歳《はたち》になる。

「アウカグラの丘《おか》の、岩に刺《さ》さった聖剣《せいけん》を持ってきた者に、姫《ひめ》との結婚《けっこん》を許《ゆる》そう」

王様の言葉に立ち上がったのは三人の勇者だった。彼《かれ》らは勇んでアウカグラの丘《おか》に登り、聖剣《せいけん》の前にやってきた。

大人《おとな》が抱《かか》えられるほどの岩に、聖剣《せいけん》が深く突《つ》き刺《さ》さっている。

最初に駆《か》けつけた勇者、ケルナベスが前に立った。

「このケルナベスが、聖剣《せいけん》を岩から引《ひ》き抜《ぬ》いて、王の前に差し出してみせようぞ」

そう言って彼《かれ》は聖剣《せいけん》の柄《つか》に手を掛《か》けた。ところがどうしたことか、怪力《かいりき》で知られるケルナベスがいくら引《ひ》っ張《ぱ》っても、聖剣《せいけん》を岩から引《ひ》き抜《ぬ》くことができない。

「では、わたしが」と代わったのは二番目に到着《とうちゃく》した勇者ナグタマラ。

「この岩を砕《くだ》けばよいのだろう」と大きなカナヅチで岩をガン、ガンと叩《たた》きはじめた。

ところが、どれほど硬《かた》い岩なのだろう。いくら叩《たた》いても、まったく砕《くだ》けない。

「なあに、こんなうすっぺらな聖剣《せいけん》、途中《とちゅう》でポキリと折ってしまえばよい」

そう力強く叫《さけ》んだのは三人目の勇者ビスタガルタだった。身長二メートルを超《こ》える大男は、聖剣《せいけん》の柄《つか》を握《にぎ》って力を込《こ》めた。

しかし聖剣《せいけん》は思いのほか頑丈《がんじょう》で、疲《つか》れはてた彼《かれ》はその場にへたり込《こ》んでしまった。

ウウム抜《ぬ》けない、と、なすすべもなく聖剣《せいけん》の前で三人の勇者はうなだれてしまった。

翌日《よくじつ》。クララ姫《ひめ》との結婚《けっこん》は賢者《けんじゃ》アレキトスに決まったと報《しら》せが入る。

「身体《からだ》の細いアレキトスがどうして?」と勇者たちが城《しろ》へ参じると、アレキトスは「岩に刺《さ》さったままの聖剣《せいけん》」を馬車でアウカグラの丘《おか》から運んできたのだという。

クララ姫《ひめ》は言う。

「勇者たちよ。どうやら、あなた方には知恵《ちえ》がなかったようです」

悪魔《あくま》？　それとも……

塾帰《じゅくがえ》りの夜道、足元に百円玉が転がってきた。拾い上げ、落とし主に渡《わた》そうとしたけれど、だれもいない。代わりに、ジュースの自動販売機《はんばいき》が目に入った。

へぇ、こんなところに。いつも通っている住宅街《じゅうたくがい》なのに、今まで気づかなかった。

「ペットボトル百円均一《きんいつ》」って張《は》り紙《がみ》がしてある。ドリンクは一種類、青いボトルに緑の文字で「ワンチャンス」、それだけが並《なら》んでいる。見ているうちに、のどが渇《かわ》いてきた。家はすぐそこだけれど、これが飲みたい。これでなくちゃダメだ。それに、ちょうど百円玉が手の中にある。きっと、受験勉強に励《はげ》むぼくへの、ごほうびだ。

出てきたボトルを、その場で開ける。ぷしゅ〜。炭酸《たんさん》ガスと一緒《いっしょ》に、青みを帯びた煙《けむり》が出てきた。と思う間に、煙《けむり》は人の形になって、自動販売機《はんばいき》の上に腰《こし》かけた。男だ。

もしかしたらこれは、おとぎ話によくある、あのパターンか。アラジンのランプ的な。

男の口が動き、木々のざわめきのような声が言った。

「お前の願いを、ひとつ、叶《かな》えてやろう」

やっぱり。でも、思っていたのとちょっとちがう。

「こういう場合、三つの願い、じゃないの？」

ぼくの疑問《ぎもん》に、男はだるそうに答える。

「かつてはそうだったな。だが三つもあると、お前たちはムダづかいする。こちらもそろそろ疲《つか》れてきた。ムダに力を使いたくない。そういうわけで、ひとつだ。嫌《いや》なら、権《けん》利《り》を次に来るやつにまわす」

あわてて首を横に振《ふ》るぼくを見て、そいつは、ニヤリとする。

「よしよし。それでこそ、人間だ」

そういうこいつは、何者なんだろう。

「さぁ願うがいい。中学校合格《ごうかく》か？」

うなずきかけて、あわてて首を止めた。中学校受験に願いを使ってしまうのはもったいない。どうせなら、東大合格《とうだいごうかく》を今から予約しておこうか。いやそれより、大会社の社長や大金持ちになれるよう頼《たの》んだほうがいいかな。もしかして、スポーツ選手や俳優《はいゆう》にもなれちゃう？　ああ、バラ色の未来がよりどりみどり。すぐには選べない。

「あの、ちょっ……」

ちょっと待って、と言いかけて、そいつのうすら笑いに気づき、あわてて言葉をのんだ。待って、と口に出した途端《とたん》、それが「願い」として聞き届《きと》けられるっていうオチを、マンガで読んだことがある。危《あぶ》ない危《あぶ》ない、ここは、慎重《しんちょう》にならなきゃ。

ママに相談しようか。パパも、もう家に帰ってるだろうし。その角を曲がれば、すぐわが家《や》だ。そっちへ目をやったら、そいつが、鼻で笑った。

「お前の両親は、こういう不思議な話は信じない。むしろ、話せば叱《しか》られる。拾った金であやしげなジュースを買って、寄《よ》り道《みち》したことをな」

うう、その通りだ。そんなことまで知っているなんて、こいつはいったい……もしかして悪魔《あくま》？　そうだ、高校生の兄ちゃんなら、こういうことに詳《くわ》しいかも。

また、そいつが笑った。

「願いごとはひとつきり。アニキに、取られてもいいのかな」

そうだった。おやつも子ども部屋も、なんだっていつだって、いいほうを兄ちゃんが取る。このラッキーは、兄ちゃんには内緒《ないしょ》にしなきゃ。

そいつは満足そうにうなずくと、指を鳴らした。すると、ぼくの胸《むね》の前に、突然《とつぜん》、本が現《あらわ》れた。宙《ちゅう》に浮《う》いている。

「受け取れ。お前は見どころのある子どもだ。特別な本を見せてやろう」

両手を出したら、その上にずしりと落ちた。重い。表紙には、「価値《かち》ある願いごとをするために」とある。

「われらと人間のつき合いは古い。物語や伝説としても残っている。それらを集めまとめたものだ」

けっこう、分厚《ぶあつ》い。読むのにどのくらいかかるだろう。読み終わるまでは、願いごと

を待ってもらえるってことかな。と思ったのに、

「読む必要はない。四次元超《ちょう》リアル本《ぼん》だ。開いてみろ」

表紙を開けた途端《とたん》、張《は》りのある堂々とした声が響《ひび》いた。

「われは、ソロモン王」

目の前に、男の後ろ姿《すがた》が立《た》ち現《あらわ》れた。肩幅《かたはば》が広く、大きな背中《せなか》だ。白っぽい服を羽織《はお》り、足首まで垂《た》らしている。男は背中《せなか》を向けたまま、続けた。

「われは、大天使ミカエルに指輪を与《あた》えられた者なり。その指輪の力によって、天使と悪魔《あくま》を自在《じざい》に行使したのだ」

天使と悪魔《あくま》の両方を、何度でも好きなだけ、使ったってこと？

「いいなぁ。ぼくなんか、叶《かな》えてもらえるのは、たったひとつ」

思わずつぶやいたら、

「幸運にさえ不服をもらす、その欲深《よくぶか》さよ。そうとも人間は欲深《よくぶか》い。われでさえ、晩年《ばんねん》は欲《よく》にまみれた。人間であるがゆえに……くくくっ」

笑っているのか、泣いているのか、肩《かた》が震《ふる》えている。気味が悪くなって、ページをめくった。

次のページには、焚火《たきび》の跡《あと》のような、ススにまみれたかたまりがひとつ。そこから、くぐもった声が聞こえてきた。

「私《わたし》はファウスト。悪魔《あくま》と契約《けいやく》した錬金術師《れんきんじゅつし》。二十四年間、悪魔《あくま》をこき使い、叶《かな》えた願いは数知れず」

やっぱり、あいつは悪魔《あくま》なんだ。ぼくは言った。

「うらやましい。昔の悪魔《あくま》は気前がよかったんだね」

「だが、願いごとが多ければ、代償《だいしょう》も大きくなる。私《わたし》は肉体と魂《たましい》を差し出した。私《わたし》の最期《さいご》は爆死《ばくし》、この身は八《や》つ裂《ざ》き、死後の魂《たましい》は悪魔《あくま》のもの。お前は何を求められた？」

「何も。契約《けいやく》なんてしてないし」

「それは、うらやましい。代償《だいしょう》なしに願いが叶《かな》うとは、悪魔《あくま》も甘《あま》くなったものだ。だが気をつけろ、やつらは足をすくうのが得意だ。大金を願ったらその本人の死亡保険金《しぼうほけんきん》が同額《どうがく》だった、という話もある。よくよく考えて、願いを口にしろ」

　ススのかたまりが、うごめく。何かの形になりかけて崩《くず》れ、また起き上がってくる。

「せっかくだ、私《わたし》のおどろおどろしい今の姿《すがた》を、お前に見せてやろう」

「ひっ、結構《けっこう》ですっ」

　あわてて、ページをめくった。

　今度は、じいさんとばあさんが、取っ組み合いのけんかをしていた。ばあさんの頭にはツノがある。ふたりは、相手の髪《かみ》をつかんだまま、こっちを見た。

「わしらは、日本昔話の金持ちじじいとばばあ。願いの叶《かな》う玉を三つ、手に入れた」

「着物百枚《ひゃくまい》を願い、米の詰《つ》まった蔵《くら》を願い、最後の玉を取り合ってけんかじゃ。『鬼《おに》ばばめ、ツノでも生やして鬼《おに》になれ』とじじいが言うたおかげで、この有り様」

「ところで、小僧《こぞう》、お前、願いの叶《かな》う玉を持っているのではないか」

「いい子だねぇ。あたしのツノを消しておくれ」

「いやいやそれより、きれいで優《やさ》しいかかあと替《か》えてくれ」

「おのれ、じじいっ」

ふたりがまたけんかを始めたので、ぼくはため息をつきながらページをめくった。

「よう来た、よう来た」

次も日本昔話の人たちだ。つぎはぎの当たった着物の老夫婦《ろうふうふ》、その後ろでは若夫婦《わかふうふ》が幼《おさな》い子と赤ちゃんをあやしている。ばあさんとじいさんが、にこにこと話し出した。

「あたしらが先に、旅の坊《ぼう》さんから、願いが叶《かな》う玉を三つ、もらってねぇ」

「わしと息子と嫁《よめ》の三人が玉を握《にぎ》って、三人ともが『家族みんなが達者で暮《く》らせますように』と願ったんじゃ」

「おかげで、あたしらは、貧《まず》しくともみんな達者で、仲よう、幸せなことよ」

ばあさんの言葉に、家族全員うなずいている。

「ぼくの願いを叶《かな》えるのは悪魔《あくま》、お坊《ぼう》さんの玉とはちがう」

「同じじゃ。人知を超《こ》えた大きな力、大きな存在《そんざい》。元はひとつじゃ」

「そうとも、じいさまの言う通り。ええか、みんなの幸せを願うのがコツじゃぞ」

けど、幸せって、人が思うのと自分が思うのと、ちがう。「この塾《じゅく》に入れたきみたちは幸せですよ」って言われても、全然そう思えなかったように。

また、ため息をついたら、その拍子《ひょうし》に手から本が滑《すべ》り落《お》ち、地面に着く前に消えた。

そして、あいつが言った。

「さぁ、願うがいい。夜が明ける前に」

えっ？　もうそんな時間？　まずいよ、ママやパパになんて説明しよう。ああ、悩《なや》む。

その時、ひらめいた。すべての人のためになって、目の前の問題も解決《かいけつ》して、さらにぼくの未来もすてきにする願いごとを。ぼくはそれを、口にした。

「すべての人間から、この先、ずっと、悩《なや》みがなくなりますように」

そいつは目を見開き、それから今までとはちがう、晴々《はればれ》とした笑顔《えがお》になった。

「聞《き》き届《とど》けた」

ちゃぷん。

みずのなかをただよっている。うみだ。ぼくは、くらげになっていた。なぜ？

「くらげには脳《のう》がない。ゆえに、悩《なや》みようがない」

あいつのこえだ。

ちゃぷ、ちゃぷん。

まわりにも、くらげがいっぱい。もしかして、にんげんがみんな、くらげになった？

ちゃぷうぅん。

なみにゆられ、あたまのなかがゆるゆる、とけていくかんじ。そっか……もう……なにも……かんがえなくて……いいんだ。

……こえが……きこえる。いみは……もう……わからない。

「やっと、はたせそうだ。『生命あふれる美しい星にせよ』という神からの使命を。おい少年、お前——いや、きみは、この地球を救ったヒーローだ」

……？

ちゃぷん。

心《しん》霊《れい》スポット

三十代半ばのふたりの男が、小さなバーを開店した。

五人掛《が》けのカウンターのほかに、ふたり掛《が》けのテーブルがひとつというせまい店だが、バーを開くことはふたりの大学時代からの夢《ゆめ》であり、それが叶《かな》ったのである。

「ついにやったな」

「うん。まあ、これからが勝負だけどな」

ふたりの店は、大通りから少しそれた路《ろ》地《じ》裏《うら》にある。

ふたりが生まれるよりずっと前に建てられた古いビルは、洒《しゃ》落《れ》たレンガづくりで、これまでに見た物件《ぶっけん》の中で最もイメージに近かった。その上、想定していたよりもはるかに家賃《やちん》が安い。ふたりは即決《そっけつ》した。

しかし、店を始める時に重要なのは、もちろん建物だけではない。バーを開くのに相応《ふさわ》しい立地かどうかについて、ふたりはリサーチ不足だった。

開店から半年ほどたっても、友人たちがたまに遊びに来るだけ。ふたりが待ち望む、通りすがりにふらっと立《た》ち寄《よ》る客などほとんどいない。

それもそのはず。このあたりは、家族連れの多い住宅街《じゅうたくがい》であり、近くの名所といえば、昔ながらの陰気《いんき》な墓地《ぼち》くらいだ。そんなところで、夜にひとりでバーへ行こうという人は、まずいないだろう。

「まいったなあ。このままじゃ、店を閉《し》めるしかなくなる」

「うーん、近くに何か人の集まるおもしろい場所でもできればいいんだけど」

「この辺じゃ、あの墓地《ぼち》くらいしかないからなあ。昔はよく怪奇映画《かいきえいが》やドラマの撮影《さつえい》に使われたって聞いたことがあるけど、今さらそんなことで人は来ないし」

「いや、待てよ。もうすぐ夏だし、あの墓地《ぼち》が心霊《しんれい》スポットとして噂《うわさ》になれば、肝《きも》だめしがてら人が集まるんじゃないか？　そしたら、墓地《ぼち》の近くに看板《かんばん》を出してさ。シロップの代わりにリキュールを掛《か》けたかき氷でも用意したら、きっと人気が出るよ。この辺じゃ、ひと休みできる店なんてほかにないんだから、みんなここへやってくるだろうし」

「いいね！　でも、どうやってあの墓地《ぼち》を、今さら心霊《しんれい》スポットにするんだい？」

「そこなんだよなあ」

ふたりは考えた末に、心霊《しんれい》スポットめぐりをしている人のブログを見つけ、近くの墓《ぼ》地《ち》に幽霊《ゆうれい》が出るという噂《うわさ》があるので調べて欲《ほ》しいというメッセージを送った。

すると、次の日には、来週末に墓地《ぼち》へ行ってみるという返事が届《とど》いた。

「よし！　この日が勝負だ。おれたちが先に墓地《ぼち》へ行って隠《かく》れている。そして、人が来たら、視界《しかい》の先をさっと横切るんだ。白い着物なんか着てさ。暗闇《くらやみ》なんだから、それだけで十分だろ」

「うーん、そんなにうまくいくかなあ？　で、どっちが白い着物を着るの？」

「お前だろ。おれ、結構体格《けっこうたいかく》がいいからな。ちょっと華奢《きゃしゃ》なほうが幽霊《ゆうれい》っぽいだろ」

「それって、幽霊《ゆうれい》に対する偏見《へんけん》のような気もするけど……」

そして、いよいよ当日になった。

例の墓地《ぼち》の墓石《はかいし》のかげにしゃがんで、量販店《りょうはんてん》で買った幽霊《ゆうれい》コスプレ用の白い着物を着た男が、もうひとりの男に何やら耳打ちされている。

「いいか、全身をすっかり見られたら、いくら暗闇《くらやみ》でもさすがに人間だってことがばれちまうから、墓石《はかいし》のかげからちらっとだけ見えるとか、工夫をしろよ」

「わかった。で、お前は何するの？」

「おれは、木の枝《えだ》を揺《ゆ》らしてガサガサと音を立てる」

「それだけ？」

「ああ。効果音《こうかおん》っていうのも大事だろ？」

「そうかもな。でも、こんなことしていいのかな？」

着物姿《すがた》の男が、真っ暗な墓地《ぼち》を見渡《みわた》しながら言った。

「なんだよ、今さら。いいも悪いもないだろう？」

「だって、ここは墓地《ぼち》なんだぜ。こんなところでこんな格好《かっこう》して、本物を呼《よ》び寄《よ》せちゃったら……」

着物姿《すがた》の男は、言いながらぶるっと身ぶるいした。

「そりゃ、お前、ものすごくラッキーだろ！　本物のほうがインパクトあるに決まってるんだから」

そこへ、話し声と足音が聞こえてきた。例のメッセージをくれた人が、仲間を誘《さそ》って三人一組でやってきたようだ。

「よし、作戦スタートだ！」

白い着物を着た男が、やってきた人たちの進路を先回りして、墓石《はかいし》と墓石《はかいし》の間をさっと走《はし》り抜《ぬ》けた。

「キャアッ！　今、何か白いものが通りませんでした？」

「うそっ！」

体格《たいかく》のいいほうの男は墓石《はかいし》のかげに隠《かく》れたまま、必死で笑いをこらえる。

よしよし、なかなかいいぞ。あいつ、結構《けっこう》やるじゃないか。さて、そろそろおれの番かな。

立ち上がって枝《えだ》を揺《ゆ》らそうとした時、着物の男がいるあたりから、何やら大きな鈍《にぶ》い音が聞こえた。続いて、

「キャ――――ッ！」

と耳をつんざくような悲鳴がしたかと思うと、三人組がものすごい勢《いきお》いで転がるようにして逃《に》げていった。

いったい、何があったんだ？

目を凝《こ》らすと、少し離《はな》れたところに、着物姿《すがた》の男がぼーっと突《つ》っ立《た》っているのが見える。

あいつ、あれほど全身を見せるなって言ったのに。でも、なんだか様子が変だぞ。まさか、あいつが言ったように本物が現《あらわ》れたとか……？

「おい、いったいどうしたんだ？　なんとかうまくいったからよかったものの、あの人たちの目の前で全身を見せるなんて、ニセモノだってバレたらどうするつもりだったたん

だよ」

言いながら近づくと、男の白い着物が赤く染《そ》まっているのに気がついた。心なしか顔も青白く、いかにも幽霊《ゆうれい》っぽい。

「お前、そんなメイクまで用意していたのか！　かなり本物っぽいな！」

すっかり感心したもうひとりの男が言うと、着物姿《すがた》の男はこう答えた。

「いや、正真正銘《しょうしんしょうめい》本物だよ。さっき、そこで転んで墓石《はかいし》に思いっきり頭を打っちゃってさ。おれが本物になっちゃったんだ」

ぜったいに言えない

真奈《まな》と雄太《ゆうた》は、結婚《けっこん》して三か月の新婚《しんこん》ホヤホヤ。恋人同士《こいびとどうし》のころから、

「いいなあー、いつも仲がよくて」

と、みんなにうらやましがられている。

「あたしたち、ずっとこのまま仲よしでいられるかな」

「ぼくと真奈《まな》なら、大丈夫《だいじょうぶ》だよ」

「でも、きっとそれなりの努力が必要だよね。ふたりの約束ごとを決めておかない？」

「うん、いいね」

そしてふたりは、あれこれ相談して、紙にこう書いた。

真奈《まな》と雄太《ゆうた》の三つの約束
その一　おたがいの趣味《しゅみ》や好みを尊重《そんちょう》する。
その二　嘘《うそ》はつかない。
その三　けんかは次の日に持《も》ち越《こ》さない。

ふたりの共通の休みは土日。少なくとも月に一回は、おたがい干渉《かんしょう》し合《あ》わず、自分の好きなことをしてすごす自由な休日をつくろうと決めた。ひとりの時間を持つことも、いつまでも新鮮《しんせん》な気持ちでいるためには、きっと大事なことだから。これが、約束「その二」だ。

そして、明日《あした》はその自由な日曜日。真奈《まな》は友だちとランチをし、映画《えいが》を見に行くことにした。久《ひさ》しぶりの女子会が楽しみだ。

「雄太《ゆうた》は、どうするの？」

「ぼくは、川釣《かわづ》りに行くよ。使ってみたい仕掛《しか》けがあるんだ」

雄太《ゆうた》は釣《つ》りが趣味《しゅみ》なのだ。

「それならあたし、お昼に食べるパン焼いてあげる！」

「えー、無理しなくていいよ。朝早いんだから」

「平気平気。せっかくうまく焼けるようになったんだから、それぐらい、任《まか》せて！」

申しわけなさそうな雄太《ゆうた》の背中《せなか》を、真奈《まな》はドンと叩《たた》いた。

「初めてのパンづくり教室」に行ってから、真奈《まな》はパンを焼くのにハマっている。

次の朝、まだ暗いうちから、パン焼きの準備《じゅんび》を始めた。

（ふふ、パンの焼けるにおいで目覚めるなんて、雄太《ゆうた》も幸せ者よね〜）

ひとりでニヤけながらパン種《だね》をこね、ロールパンの形をつくり、二次発酵《はっこう》を終えてオーブンに入れ、鼻歌まじりに洗濯物《せんたくもの》を干《ほ》していた時だ。

「あっ！」

真奈《まな》は、自分の左手を見て思わず声をあげた。薬指に、指輪が、ない。

（落ち着け、あたし。きっと、どこかに置いたんだわ）

昨日《きのう》はたしかに外してない。今朝《けさ》は？　顔を洗《あら》って、それから……。

「洗濯機《せんたくき》まわして、パンをこねて……」

そこまで思い出して、ハッとした。

「パン種《だね》と一緒《いっしょ》に、こねちゃった？　そんな、まさかね」

その時だ。

「おはよう、うーん、いいにおいがしてきたね。真奈《まな》のパン、おいしいもんなあ」

「きゃっ」

いきなり声をかけられて、真奈《まな》は飛び上がった。

「なんだよ、そんなにびっくりして。あれ？　指輪、どうしたの？」

（雄太《ゆうた》、目ざとすぎ！　いつも、全然気がつかないくせに！）

「ほ、ほら、大事な指輪だから、家事をする時は外しているの」

なぜか、思わずそう答えてしまった。

「へえー、そうだったのか。さすがだなあ」

「あ、当たり前じゃない！　はい、焼き立てよ！」

「わあ、いつもありがとう」

雄太《ゆうた》は、うれしそうに受け取ると、釣《つ》りの用意を始めた。

（うわっ、嘘《うそ》ついちゃった！　ど、どうしよう〜。約束の「その二」、さっそく破《やぶ》っちゃったじゃん！）

「行ってきまーす。でっかいの釣《つ》ってくるからね」

いそいそと出かける雄太《ゆうた》を見送るなり、真奈《まな》は胸《むね》に手を当て、自分に言い聞かせた。

「嘘《うそ》も方便《ほうべん》って言うんだし。しかたがなかったのよ！　無意識《むいしき》に外して、どこかに置いたのかも。えーと、出かけるまで……たった二時間？　わーっ、早く探《さが》さなきゃ！」


そのころ雄太《ゆうた》は、車を運転しながらつぶやいていた。

「はあー、釣《つ》りは楽しいけどさ。悩《なや》みの種《たね》はパン……。一生懸命《いっしょうけんめい》焼いてくれるのはうれしいんだけど、真奈《まな》のパンは正直、食べられないレベルなんだよな〜。だから、無理しないでいいよって言ったんだけど、逆《ぎゃく》に張《は》り切ってたしな。ああ〜、どうしよう……。

ぜったい食べきれないよー」

そして、雄太《ゆうた》は、深くため息をついた。

「しかも、真奈《まな》のパン、おいしいもんなーなんて言っちゃったし。これって、大嘘《おおうそ》じゃん。さっそく、約束破《やぶ》っちゃったよ。でも、どうすりゃよかったんだよ。あーあー」

やがて車は河原《かわら》に着いた。さわやかな朝。絶好《ぜっこう》の釣《つ》り日和《びより》だ。

「やっぱり自然の中はいいなあー」

美しい景色と川のせせらぎが、雄太《ゆうた》の悩《なや》める心をときほぐしてくれた。

河原《かわら》には、ほかにも何人かの釣《つ》り人《びと》がいて、雄太《ゆうた》は、その中のひとりのおじさんと仲よくなった。

「いやあ、よりによって、うちのやつがつくってくれた弁当《べんとう》を、玄関《げんかん》に置いてきちゃってね。帰ったら怒《おこ》られるなあ」

おじさんは、頭をかいた。

「えっ、弁当《べんとう》、忘《わす》れたんですか？　あの、よかったら、これ……」

真奈《まな》が焼いた五つのパンのうち、どうしてもどうしても食べきれなかったひとつを、雄太《ゆうた》はその人に差し出した。

「おお、いいのかい？　腹《はら》ペコだから、ありがたいよ」

「じゃあ、ぼくはもうちょっと川下に行くので、これで」

ちょっぴり心が痛《いた》むけど、腹《はら》ペコなら食べてくれるだろう。雄太《ゆうた》は、そそくさとその場をあとにした。


「ただいまー。たくさん釣《つ》れたよー。女子会、楽しかったかい？」

「う、うん！　雄太《ゆうた》こそ、楽しかった？」

真奈《まな》はそれとなく左手を隠《かく》し、雄太《ゆうた》はランチボックスを真っ先に洗《あら》いはじめた。ふたりとも、どこかぎこちない。

魚は大きなニジマスだ。真奈《まな》は、目をかがやかせた。

「スゴーい、今夜は塩焼きにしよう！」

「よっしゃ、さっそく準備《じゅんび》だ」

ふっくらこんがり焼けた魚を、いざ、食べようとした時だ。

「あれ、何これ？」

魚の口に、何か詰《つ》まっている。そして、その奥《おく》には……。

「これ、パン？　きゃーっ、あたしの指輪！　どうして魚の口から出てくるの？　まさか……魚にパンをやったの？」

「やるもんか！　……どうしても食べられなかった一個《こ》をおじさんに……。って、それより指輪、家事する時は外してたんじゃないのかよ！」

雄太《ゆうた》が残したのは、指輪が入っていたパンだった。それをもらったあのおじさんは、おそらくひと口食べてパンを川に捨《す》てた。そのパンをニジマスが食べ、指輪はニジマスの口にはまり、そのニジマスを雄太《ゆうた》が釣《つ》り……。なんという奇跡《きせき》の連鎖《れんさ》であろうか。

ふたりはすべてを白状《はくじょう》し合った。そして、三つ目の約束、「けんかは次の日に持《も》ち越《こ》さない」は、守ろうと誓《ちか》ったのだった。

隔離区域《かくりくいき》

レンは街の中で、初めて見る場所に出た。

コンクリートの壁《かべ》が続く迷路《めいろ》のような街でどこも似《に》たような景色だが、そこはちがっていた。壁《かべ》の一部に大きなガラスがはまり、向こう側に芝生《しばふ》と木の生えた庭が見える。

「ここ、どこだ？」

二三XX年、世界規模《きぼ》の伝染病《でんせんびょう》が流行《はや》り、多くの人が死んだ。

生き残った人々は感染《かんせん》を恐《おそ》れて、街のまわりに鉄筋《てっきん》コンクリートの高い壁《かべ》を築《きず》いた。

街の中も、いつでも区画ごと閉鎖《へいさ》できるように、壁《かべ》が張《は》りめぐらされていた。

この街で生まれたレンは、学校が終わると、いつもひとりで街の中を歩いていた。

配管用のせまい通路など、大人《おとな》には通れないところも十四歳《さい》にしては小柄《こがら》なレンなら通《とお》り抜《ぬ》けることができた。

そうして、今日たどり着いたのがガラス越《ご》しに見える緑の中庭だった。

レンがガラスに近づいて中をのぞき込《こ》んでいると、木々の向こうから少女が現《あらわ》れた。奥《おく》はどこか別の空間へ通じているようだ。

少女はレンと同じ歳《とし》くらいだろう。水色のワンピースがよく似合《にあ》っている。少女はレンには気づかず、木の根元に座《すわ》り本を読みはじめた。

やわらかい午後の日差しが、ゆるく束ねられた栗色《くりいろ》の髪《かみ》を金色にかがやかせる。

レンはぼうっと立ちつくし、その美しい光景を日が暮《く》れるまで眺《なが》めていた。

家に帰って、レンはさりげなく母親に聞いてみた。

「あの西三区の壁《かべ》の向こうには、何があるの？　壁《かべ》が多くて通路がせまいところ」

「あのあたりは、おそらく隔離区域《かくりくいき》ね。例の病気の人たちが暮《く》らしているって噂《うわさ》よ」

「病気の人って壁《かべ》の外にいるんじゃないの⁉」

「ワクチンを開発するためには、感染者《かんせんしゃ》も必要なのよ」

「じゃあ、あの中にいる人は病気なんだ……。中の人たちは死んじゃうの?」

「潜伏《せんぷく》期間もあるからすぐに発症《はっしょう》するわけじゃないけれど、いつかは……」

母親は顔をくもらせてそう言った。

それから毎日、レンは隔離区域《かくりくいき》を見に行くようになった。

三日目に少女はレンに気づき、四日目は笑顔《えがお》を見せ、五日目は手を振《ふ》ってくれた。七日目にはガラス越《ご》しに手を合わせた。十日目、レンは少女に直接触《ちょくせつふ》れたいと思った。

数日後、レンの父親が、西五区の壁《かべ》を建設《けんせつ》する仕事から帰るなり言った。

「北二区の壁《かべ》へ移動《いどう》が決まった。みんなで引《ひ》っ越《こ》しだ。明後日《あさって》に出発する」

「北二区の壁《かべ》って、二日《ふつか》は歩くじゃないか。そんな遠くに行きたくないよ」

少女の姿《すがた》を見ることだけが唯一《ゆいいつ》の楽しみとなっていたレンには、隔離区域《かくりくいき》から遠く離《はな》れた地区へ引《ひ》っ越《こ》すなんて耐《た》えられないことだ。

「レン、壁《かべ》の建設者《けんせつしゃ》は定期的に移動《いどう》するのが決まりなのだ。がんばればよりよい区域《くいき》を受け持たせてもらえる。噂《うわさ》では海の見えるところもあるらしいぞ」

レンの耳に父親の言葉は届《とど》いていなかった。レンはただ少女の笑顔《えがお》を思い出していた。
(急に現《あらわ》れなくなったら、彼女《かのじょ》がさびしがるかもしれない)
言葉を交わしたことはないが、少女の淡《あわ》いグリーンの瞳《ひとみ》を思い出すと心が通い合って
いることが実感できる。レンの胸《むね》はしめつけられた。
(連れていきたい。けれど、彼女《かのじょ》を外へ出すわけにはいかない。……ならいっそ)
翌日《よくじつ》、レンは学校が終わるとすぐに少女の元へ向かった。
家から持ってきた釘《くぎ》を大きな石に括《くく》りつけ、ガラスに叩《たた》きつける。とがったもので一
点に集中して力を加えれば、厚《あつ》いガラスでも割《わ》ることができた。
ジリジリジリッ――。警報《けいほう》が鳴る。
木の下で本を読んでいた少女は、警報《けいほう》におどろいて顔を上げ、いつも外にいる少年が
庭の中に入ってくるのを見て、本を取り落とした。
はうように逃《に》げる少女を、レンは駆《か》けよって抱《だ》きしめた。
「きみと一緒《いっしょ》にいたいんだ。だから来たよ。ぼくも感染者《かんせんしゃ》になる」

「さわらないで！　あなた感染者《かんせんしゃ》でしょう!?」

初めて聞いた少女の声は澄《す》んで美しかったが、その言葉の意味がわからず、レンは聞き返した。

「え？　どういうこと？　きみは病気で、ここに隔離《かくり》されているんだろう？」

「隔離《かくり》されているのはあなたたちよ。私《わたし》は研究者である両親に同行しているだけ」

警報《けいほう》を聞きつけて来た人たちが、絶叫《ぜっきょう》する。

レンは白い防護服《ぼうごふく》を着た男性《だんせい》たちに縛《しば》りあげられ、その場で、自分たちのほうが感染《かんせん》者《しゃ》として隔離《かくり》されていること、健康な人たちを守るために壁《かべ》をつくらされていることを知った。絶望《ぜつぼう》させないために、真実を教えられていないということも。

「ぼくはきみと一緒《いっしょ》にいたかったんだ。そのためなら、きみの病気に感染《かんせん》してもいいと思ったんだ。きみはそう思ってくれた？」

レンに触《ふ》れられたばかりに今や、透明《とうめい》なカプセルに入れられ、両親と手をつなぐことも許《ゆる》されなくなった少女は、グリーンの瞳《ひとみ》に絶望《ぜつぼう》をただよわせ、首を横に振《ふ》った。

運命の恋人《こいびと》

私《わたし》の名前は、青山美優《あおやまみゆう》。どこにでもいる中学三年生。これといった悩《なや》みもなく、前髪《まえがみ》を切りすぎたことがせいぜい気になっているくらい。

話題のスイーツやドラマに目がないけれど、恋愛《れんあい》はまだよくわかんない。今は、クラスの男子よりも、歌番組で見るアイドルに夢中《むちゅう》……と、自己紹介《じこしょうかい》はここまでにして。

中学卒業を控《ひか》えた今年は、西暦《せいれき》二一〇四年。

今日も退屈《たいくつ》な授業《じゅぎょう》が終わり、テキストがインストールされたタブレットをカバンにしまっていると、親友の瑠奈《るな》が近づいてきた。

「ねえねえ、知ってる?」

「どうしたの、うれしそうな顔して」

「これよ、これ！」

と言いながら、彼女《かのじょ》は女子中高生に大人気の雑誌《ざっし》『MAMERI《ママメリ》』を広げる。

「今週末はぜったいにゲーセンへ行くんだからね」

「ゲーセンって……それよりクレープでも食べに行こうよ」

「いいから見なさい！」

いやいや……何が悲しくて、休日をゲーセンですごさなきゃいけないってわけ？

と思いながらも、これだけ盛《も》り上《あ》がっている親友を放置するわけにはいかず……しかたなく視線《しせん》を送ると、派手派手《はではで》しい見出しとともに、目に飛《と》び込《こ》んできたのは、

【恋人探《こいびとさが》しは〝アイ〟にお任《まか》せ！】

【人工知能《じんこうちのう》つきコンピュータが、あなたにぴったりの恋人《こいびと》を見つけます】

という文字だった。

「何これ？」

「スゴいでしょ！　コンピュータに埋《う》め込《こ》まれたデータベースから、一人ひとりに合っ

た運命の恋人《こいびと》を見つけてくれるんだって」

「またまた～」

半信半疑《はんしんはんぎ》な私《わたし》は、もっとよく見せて、と雑誌《ざっし》をはぎ取った。

「サービスの利用は、一回千円……高くない？」

「そう？　リップ一本程度《ていど》の価格《かかく》で、恋人候補《こいびとこうほ》を見つけられるならむしろ安い！」

「そう言われれば……」

「ねえ、みんなで行ってみようよ」

瑠奈《るな》が周囲へ声をかけると、たちまちまわりに女子が群《むら》がった。

「何これ！　スゴいじゃん」

「ぜったいためしたい！」

「カレシいるけど、やってみていいかな？」

盛《も》り上《あ》がるみんなの声がうるさいのなんの。いや、気になっているのは女子だけではない。

「あ、それ知ってる」

と、声をあげたのは堀口《ほりぐち》。口が悪く、態度《たいど》もデカい。自分勝手なことで有名な男子だ。

「週刊《しゅうかん》マンガの広告にも載《の》ってたからな。オレらも今度使ってみる予定なんだぜ」

まったく……こんなことで、女子の間へしゃしゃり出なくてもいいのに。私《わたし》は堀口《ほりぐち》が本当に苦手。これまでに何度も、ブスだのチビだのと、容姿《ようし》をからかわれてきた。小さなミスをねちねちと指摘《してき》されたこともある。優《やさ》しさなんてかけらもなく、呼《よ》んでもないのに、突《つ》っかかってくるだけの嫌《いや》なヤツ。

「超美人《ちょうびじん》と結ばれたらどうするかなー」

なんて言っているけれど、大したことない相手とカップリングされるに決まってる。

「こっちが先にためすもんね！」

べーっと舌《した》を出し、私《わたし》たちは放課後、さっそくゲーセンへ向かい駆《か》けていった。

最初に挑戦《ちょうせん》するのは、クラス一かわいいと名高いカンナ。イケメン生徒会長である村《むら》木《き》先輩《せんぱい》へあこがれている彼女《かのじょ》。消極的な性格《せいかく》で一歩もふみ出せないカンナに、私《わたし》たちはずっとヤキモキしていた。

（カンナならぴったりだから結ばれて……）

仲間の想いを一身に受け、震《ふる》える声で、自分の住所や、趣味《しゅみ》などを音声入力していくカンナ。彼女《かのじょ》と一緒《いっしょ》に両手を合わせ、祈《いの》った私《わたし》たちへ聞こえてきた機械の音声は、

「アナタニ　ピッタリナノハ　ムラキヒナタクン　デス」

という答え。ムラキヒナタ……つまり、カンナの想い人だ。

「やったね！　カンナ」

「やっぱり両想いだったんじゃん」

いてもたってもいられず、その日のうちに、カンナを村木先輩《むらきせんぱい》のところへ連れていく。

彼女《かのじょ》が勇気を振《ふ》り絞《しぼ》って告白した答えはもちろんＯＫ！　アイの予言が当たる瞬間《しゅんかん》を目《ま》のあたりにし、私《わたし》たちのテンションがマックスになったのは言うまでもない。

そして翌日《よくじつ》。カンナの件《けん》で、あとまわしにしていた自分の番。

「美優《みゆう》、早く早く！」

瑠奈《るな》にうながされ、アイの前へ立った私《わたし》。

「青山美優《あおやまみゆう》……住まいは○×区……趣味《しゅみ》は……」

音声に合わせ、自分のことを伝えていく。作業は思っていたより、緊張《きんちょう》した。このあといよいよ……そう思うと、片想《かたおも》いすらしていない私《わたし》でも、胸《むね》がドキドキする。

——ジジジジジジ——

という音のあとに、分析中《ぶんせきちゅう》の文字。そして、待ちに待ったコンピュータの答えは……思いもよらないものだった。

アイは、なんと私《わたし》に、

「アナタニ　ピッタリナノハ　クラスメイトノ　ホリグチツカサクン　デス」

そう淡々《たんたん》と、言い放ったのだ。これには、隣《となり》にいた瑠奈《るな》も思わず目を丸くする。

「ホリグチって……あのジコチューで最低な堀口《ほりぐち》のこと？　信じられない！」

アイの力を信じていたからこそ、そのショックは相当なもの。頭を思い切り硬《かた》い何かで殴《なぐ》られたような、衝撃《しょうげき》が襲《おそ》う。ゲームセンター内に響《ひび》き渡《わた》るにぎやかな機械音や、周囲の声が聞こえない。頭の中が真っ白で、魂《たましい》が宙《ちゅう》にふわふわと浮《う》いているようで……。

「認《みと》めない……こんな結果、許《ゆる》さないんだから」

あんなに待ちわびていたのに！　逆上《ぎゃくじょう》した私《わたし》は、思わずアイの画面を叩《たた》きつけていた。ぜんぶウソだと言って……。静かに、なみだが頬《ほお》を伝う。

しかし、アイの画面はピタリと止まったまま動かない。クラスメイトは、何も言えず黙《だま》ったまま。私《わたし》のまわりだけ、時が止まったかのようだった。

ちょうど同じころ。クラスの男子も、別のゲームセンターへ集まっていた。アイの前に立っているのは、堀口司《ほりぐちつかさ》。彼《かれ》もまた、

「アナタニ　ピッタリナノハ　クラスメイトノ　アオヤマミユウサン　デス」

の音声に、顔をこわばらせる。

「なんであんな女と！　ぜったいに信じねーからな！」

そう言いながらアイへ拳《こぶし》を振《ふ》り上《あ》げる。あまりの衝撃《しょうげき》で、機体が左右に揺《ゆ》れるほど強力なパンチ。

「おい！　堀口《ほりぐち》。やめろって！」

周囲の男子が堀口《ほりぐち》をなんとか取《と》り押《お》さえた瞬間《しゅんかん》だった。別々のゲームセンターに設置《せっち》されているはずのふたつのアイが、鈍《にぶ》い音を立てて動き出す。

「もしかしてやり直し？」

「そりゃそうだろう、青山《あおやま》はない」

さっきの鑑定《かんてい》結果はまちがいでした……。そんな声を期待し、画面を食い入るように見つめるふたり。しかし、アイは冷静にくり返すだけ。

「ボウリョク　ハンタイ　ボウリョク　ハンタイ」

「イカリニマカセ　ワタシヲタタク　アナタタチ　サイコウニ　オニアイデス」

人食い魔女《まじょ》の家

山道の途中《とちゅう》に、人食い魔女《まじょ》が住む山小屋がある——そんな噂《うわさ》が町の人々の間に流れていた。

実際《じっさい》、山小屋に泊《と》まった者たちが次々と行方不明《ゆくえふめい》になっていた。山小屋にはふたりの老婆《ろうば》が住んでいて、どうやら彼女《かのじょ》たちは、泊《と》めた者を夜中に殺して食べている魔女《まじょ》だというのだ。

ある日、山道を通って海側の町に向かっていた男が途中《とちゅう》で大雨にあってしまい、動けなくなっているうちに夜になってしまった。クマにでも襲《おそ》われたらどうしよう、と不安げに歩いていると、前方から光が見えてきた。

山小屋だった。

（あれは噂《うわさ》の、人食い魔女《まじょ》の家ではないか）

男は恐《おそ》ろしさに身がすくんだが、雨の山中《さんちゅう》で野宿するにも勇気がいる。それにもし山小屋の主が本当に人食い魔女《まじょ》でも、オレは拳銃《けんじゅう》を持っているから、なんとかなるだろう。男は怖《こわ》いもの見たさもあって、山小屋のドアを叩《たた》いたのだった。

ギィ……。

「どなたかの」

背《せ》の低い老婆《ろうば》が、ドアを開けて男を見ていた。その後ろに、もうひとり老婆《ろうば》が。

「今日中に山を越《こ》えようと思ったのですが、雨で進むことができなくなってしまったのです。すみませんが、今晩《こんばん》こちらに泊《と》めていただけませんか」

男の言葉に、ふたりの老婆《ろうば》は顔を見合わせニンマリと笑った。いい獲物《えもの》がやってきたと言いたそうな笑顔《えがお》だった。

「何もない粗末《そまつ》なところじゃが、よろしければ」

そう言って老婆《ろうば》たちは男を山小屋に招《まね》き入《い》れたのだった。

夜も深くなり、男は拳銃《けんじゅう》を枕元《まくらもと》に忍《しの》ばせてベッドに横たわった。彼《かれ》が寝《ね》ていた部屋は老婆《ろうば》たちが暖《だん》を取っている部屋の前にあった。

うとうとしていると、ふたりの会話が聞こえてくる。

「寝《ね》たかのう」

「そのようじゃ」

「腹《はら》が減《へ》ったのう」

「アレを食べてしまおう。ナイフを持ってこい」

（やはり人食い魔《ま》女《じょ》たちは、オレを殺して食べようとしているんだ）

男は身体《からだ》を震《ふる》わせ拳銃《けんじゅう》を手にした。魔《ま》女《じょ》たちの会話は続いている。

「まずはこうして切って……よし、切れた」

（ん？　ほかに犠牲《ぎせい》になった者がいたのか）

「おお、上手《じょうず》にバラバラになったのう」

（えええ……手足をバラバラにしたってことか）

男は、ドア一枚《まい》をへだてた向こう側の惨劇《さんげき》を想像《そうぞう》し、ますます震《ふる》えが止まらなくなる。

（そいつを食べたら、次はオレを食べようってのか）

「次に、中身をくりぬかねばならん」

「そんなのは、たやすいことじゃ。ほれほれ」

「おお、キレイにくりぬいたのう」

「じゃが、問題は耳の部分をどう切っていくかじゃな。これを上手《じょうず》に切り落とさないと、うまそうに見えないでな」

（耳まで切り落として食べようってのか。もう限界《げんかい》だ。人食い魔女《まじょ》たちに殺される前になんとかしないと……）

男はドアをバンと勢《いきお》いよく開け、「やめろぉ！」と叫《さけ》んだ。

「どうした。おぬしも食べたいか」

「え？」

ふたりの老婆《ろうば》はテーブルについて、ウサギ型に切ったリンゴを手に持っていた。

他人の幸せ

「ただいま〜」

学校から家へ帰り、一応《いちおう》声をかけるものの、だれもいない部屋。共働きの両親は、いつも忙《いそが》しそう。だから、こんなのは慣《な》れっこ。いつも通りテーブルに置かれていたおやつを手に取ると、そのまま自分の部屋へ向かう。何よりも仕事が大事な両親は、

「あなたのために働いているのよ」

と言うけれど、とてもそうは感じられない。早く家に帰ってきた日でも、会社であったことや、功績自慢《こうせきじまん》のオンパレード。

そうじゃない！　本当に欲《ほ》しいのは、普通《ふつう》の一家団《いっかだん》らんなんだと、小さなころから心の底で訴《うった》えていた。母がその手でつくった料理を一緒《いっしょ》に食べながら、私《わたし》の話を聞いて欲《ほ》

しい。

「よくがんばったね」

って優《やさ》しい言葉をかけて欲《ほ》しい。そんな切なる願いは、いつまでたっても叶《かな》えられないまま、月日だけがすぎていった。

そんな私《わたし》にも唯一《ゆいいつ》、かけがえのない相棒《あいぼう》がいる。それは、コツコツ貯《た》めたおこづかいで誕生日《たんじょうび》に買った、ピンクのパソコン。パソコンはいい。つながりたい時に、いつでも相手をしてくれる。パソコンに触《ふ》れている時だけが、唯一《ゆいいつ》自分らしくいられる時間。

だから、家へ帰ると、まず相棒《あいぼう》に会いに行く。今日も同じように、メールの受信箱を開くと、そこには大切な連絡《れんらく》が数通。それらを、とりあえず、「いる」「いらない」で仕分けていると、見覚えがない一通のメールに気づく。タイトルに書かれていたのは、

『今日の体験談はこちら。テーマは運命の恋《こい》』

という言葉。明らかに……怪《あや》しい。削除《さくじょ》しようとしたものの、「運命の恋《こい》」というワードがなんとなく気になる。

「どうせヒマだし、いいか」

不安半分、好奇心《こうきしん》半分で、ドキドキしながら開けてみると……。そこにあったのは〝ちょっといい話〟。ウイルスだったら……とおびえていた私《わたし》は、少し拍子抜《ひょうしぬ》け。

ストーリーはこう。投稿主《とうこうぬし》には、幼《おさな》いころに初恋《はつこい》をした相手がいた。その人と、偶然《ぐうぜん》就職《しゅうしょく》した職場《しょくば》で同僚《どうりょう》になる。向こうは気づいていなかったけれど、食事会で地元の話になり、急接近《きゅうせっきん》。彼《かれ》の初恋《はつこい》も彼女《かのじょ》だったことを告白され、ふたりはつき合い出した……。

そんな幸せなエピソードだ。〝もっと読みたい人は〇〇へ登録！〟とか、〝恋《こい》したいなら〇〇で！〟みたいなよくある宣伝文句《せんでんもんく》は見あたらない。

だれがなんのために作成したメールなんだろう……？　という疑問《ぎもん》は残ったものの、

「何かの手ちがいだよね」

とすぐにメールのことなんて忘《わす》れてしまった。

ところが……その翌日《よくじつ》。帰宅《きたく》し、メールボックスを開いた私《わたし》は、目が点になる。受信箱に再《ふたた》び、『今日の体験談はこちら』という文字を見つけたからだ。

（まちがいメールじゃなかったの？）

そんな思いと、またちょっといい話が読める、という思いが入《い》りまじる。

それから、次の日も、また次の日も、毎日欠かさずメールは届《とど》いた。

投稿者《とうこうしゃ》は、子どもからお年寄《としよ》りまでさまざまだった。

親友との、心通ったプレゼント交換《こうかん》の話。

お金はないけれど、家族仲がよく幸せだという話。

叶《かな》うはずのない恋《こい》を、友人の協力で実らせた話。

趣味《しゅみ》で描《か》いていた絵が、えらい人の目にとまり、画家デビューした話。

どれもがドラマや映画《えいが》のような、うらやましくなるほどのハッピーエンド。それぞれの話に、最初こそ癒《い》やされた。けれど、幸せ話のオンパレードは、しだいに私《わたし》を飽《あ》きさせていく。

「もういい！　おなかいっぱい」

そう思っても、止まることのないメール。嫌《いや》なら見なければいいのに、メールが届《とど》くとつい中身をチェックしてしまう。そんな自分にも自己嫌悪《じこけんお》。

そんな日々が、一か月くらい続いただろうか。

毎日当たり前のように届《とど》く幸せなエピソード。私《わたし》は、その内容《ないよう》へしだいに、苛立《いらだ》ちや嫉妬《しっと》が募《つの》っていった。彼《かれ》ら、彼女《かのじょ》らの話を読んでいると、気づいてしまう。

家族、友だち、恋人《こいびと》、お金、栄光、運……世の中にはこんなに恵《めぐ》まれた人がいる。

それなのに、私《わたし》ときたら家族にほったらかしにされ、友だち関係も、恋《こい》も、部活もぜんぶがイマひとつ。

「もう……嫌《いや》だ」

すべては、あのメールのせい。世の中の幸せを、まざまざと見せつけられることで、心がかき乱《みだ》されていく。こんな状況《じょうきょう》……とても許《ゆる》せそうになかった。

もう二度と読んでやるものか。と、配信停止ボタンを探《さが》す。けれど、見つかるのは、『あなたのすてきな体験談も、ぜひ投稿《とうこう》してくださいね』

そう書かれたメールアドレスだけ。

「もういい！　ここでいいから、メールを送ろう」

だれだか知らない送り主へ。

『メールは必要ありません、迷惑《めいわく》なので今後は配信しないでください』

と書いてさっそく送信。こんなメールを送ったって、何事もなかったように明日《あした》も届《とど》くんだろうけど。その時は、迷惑《めいわく》メールとして扱《あつか》えばいいや。

……そう思っていた私《わたし》の思いは、意外な形で裏切《うらぎ》られることになる。

翌日《よくじつ》、私《わたし》の元へ『今日の体験談はこちら』は届《とど》かなかった。

あったのは、

『Re：配信停止』

という、返信メールだけ。

事務的《じむてき》な内容《ないよう》だろうけど念のため、と開封《かいふう》した私《わたし》はおどろいた。なんと中身に、

『そろそろお怒《いか》りのころかと思いました。われわれは世のリア充《じゅう》を撲《ぼく》滅《めつ》させるための団《だん》体《たい》です。ぜひあなたも仲間になりませんか？』

そう書かれていたのだ。

なるほど、そういうことだったのか。私《わたし》は、ぽんと手を打つ。

あのメールは、幸せな話にイラついてしまう、幸福度の低い人間をあぶり出すためのもの。

それなら……。

「幸せなんて、ぜんぶ消えてしまえばいい」

これまでにたまった怒《いか》りは、心の中で沸《ふっ》騰《とう》し続けている。ぐつぐつと煮《に》えたぎった気持ちのまま、迷《まよ》わずOKの返事を出した。

これで、今日から私《わたし》も、幸せを撲《ぼく》滅《めつ》する団《だん》体《たい》の一員。

この人たちが、仕事に夢《む》中《ちゅう》な両親の幸せもかき消してくれると信じ、今度は私《わたし》が、知らないだれかへ〝偽《いつわ》りの幸せ体験談がつづられたメール〟を送信しはじめる。

神さまおねがい

深い山のそのまた奥《おく》に、古い小さな神社があった。ここに祀《まつ》られている山の神はたいそう情《なさ》け深《ぶか》く、一生に一度の願いなら、どんな願いも叶《かな》えてくれるという。

その神社の拝殿《はいでん》で、ひとりの女子高生がパンパンと手を打ち合わせていた。

「神さま。一生に一度のお願いです。どうか、どうか、叶《かな》えてください。サッカー部の宮部《みやべ》くんが、あたしを好きになってくれますように……」

そこでしばらく間《ま》を置き、一気に続ける。

「それから、鼻がもう少し高くなって、目が大きくなりますように。学校でいちばんかわいくなれますように。あと五キロやせてスタイルがよくなりますように！」

女子高生がようやく願い終えると、後ろで待ちきれなさそうにしていた小学生の男子が綱《つな》に飛びつき、ガランガランと大きな音をさせて鈴《すず》を鳴らした。

「神さま。どーか、お母さんが人気ゲームソフトを買ってくれますよーに。激《げき》レアなアイテムが手に入りますよーに！　一日中ずーっとゲームをしていられ……」

男の子が願いごとを言い終わらないうちに、中年の男が賽銭箱《さいせんばこ》に十円玉を投《な》げ入《い》れる。

「神さま。明日《あした》にでもスゴい美人と結婚《けっこん》できますように。嫌《きら》いな上司がいなくなりますように。宝《たから》くじが当たって、一生遊んで暮《く》らせますように。えー、それから、それから」

次の参拝者《さんぱいしゃ》が、イライラして怒鳴《どな》る。「もう！　早くしてよ！　いくつ願ってんのよ！」

男は後ろを振《ふ》り向《む》き、目を吊《つ》り上《あ》げて怒鳴《どな》った。

「一生に一度の願いに数の決まりがあるのか？　どこにも書いてないだろうが！」

小さな神社の境内《けいだい》は、身勝手な願いごとを叶《かな》えようとする人間でいっぱいだった。

「やれやれ……」

深いため息をついたのは、ほかならぬこの神社の神である。

「近ごろの人間たちの、なんと欲深《よくぶか》いことよ。信心など、とうに忘《わす》れてしまったらしい」

いにしえから、山の神は人間の願いを叶《かな》えてきた。参拝者《さんぱいしゃ》は生涯《しょうがい》でただひとつの願いごとを胸《むね》に、険《けわ》しい山道を登り、長い参道を何時間もかけて歩いてきたものだ。

それが今ではどうだ。便利な神だと噂《うわさ》が広がり、人間たちが引きも切らずにやってくる。山道は樹齢《じゅれい》数百年の木を切《き》り倒《たお》して整備《せいび》され、神社のすぐ前には、コンクリート敷《じき》の広い駐車場《ちゅうしゃじょう》ができた。参拝者《さんぱいしゃ》は車で気軽にやってきては、あれもこれもと願い放題。

情《なさ》け深《ぶか》さが仇《あだ》となり、神は大量の願いごとの対応《たいおう》で過労死寸前《かろうしすんぜん》だった。

「安易《あんい》に願いを叶《かな》えようとする人間を、いったいどうしたらよいものか」

神は天にふわりと昇《のぼ》って人間界を見渡《みわた》すと、混雑回避《こんざつかいひ》のヒントを見つけた。

「おお、なるほど。この方法をためしてみよう」

翌日《よくじつ》の朝。神社へとやってきた参拝者《さんぱいしゃ》たちはおどろいた。拝殿《はいでん》をふさぐように、石づくりの巨大《きょだい》な抽選機《ちゅうせんき》が出現《しゅつげん》していたからだ。それにはこう書いてある。

【参拝券抽選機《さんぱいけんちゅうせんき》。おひとり様につき、一日一回のみ抽選可能《ちゅうせんかのう》。参拝券《さんぱいけん》が当たったら奥《おく》の拝殿《はいでん》へと進み、ひとつだけ願いごとを書いて神社に奉納《ほうのう》してください。※1．著《いちじる》しく不《ふ》謹慎《きんしん》な願いごとには対応《たいおう》できません。※2．当選券《とうせんけん》は当日のみ有効《ゆうこう》。◆参拝者《さんぱいしゃ》同士での譲渡《じょうと》・転売行為《こうい》は禁止《きんし》とさせていただきます。ルールを守って心に残る参拝《さんぱい》を！】

参拝者《さんぱいしゃ》は大ブーイングだ。「面倒《めんどう》くさい！　アイドルの握手会《あくしゅかい》かよ！」

「これで信心を忘《わす》れた欲深《よくぶか》い参拝者《さんぱいしゃ》は減《へ》り、昔のように静かな日々が訪《おとず》れるだろう」

神の思惑通《おもわくどお》り、小さな神社に静寂《せいじゃく》が訪《おとず》れた——のは、ほんの数日のことだった。

今度は取材カメラを抱《かか》えたテレビ局の人間がやってきて、その翌日《よくじつ》には山のふもとに続くほどの参拝者《さんぱいしゃ》が訪《おとず》れたのである。渋滞《じゅうたい》した車がクラクションを鳴らし、駐車場《ちゅうしゃじょう》には観光バスが何台も止まった。人間たちは、われ先にと抽選機《ちゅうせんき》のまわりに押《お》し寄《よ》せ、撮《と》った写真をＳＮＳに投稿《とうこう》している。参拝券《さんぱいけん》はオークションにかけられ、高値《たかね》で売買された。

「時代は変わった。もはや、われの手にはおえぬ」

神は自分の仕事から退《しりぞ》くことを決め、人間を見捨《みす》てて天界へと帰って行った。

返してください

「ねぇ、この噂《うわさ》知ってる？」

夕飯の席で、高校生の娘《むすめ》が学校で聞いたという奇妙《きみょう》な噂話《うわさばなし》について口にした。

妻《つま》と小学生の息子は、興味津々《きょうみしんしん》という感じで聞いているが、父親である加藤氏《かとうし》は、もくもくと食事を続けていた。

だいたい娘《むすめ》が言い出す噂話《うわさばなし》は、いつも突拍子《とっぴょうし》もないものばかりで、どうも信じがたい。

しかも、しばらくして、

「おい、あの噂《うわさ》はどうなった？」

と聞くと、たいてい
「え？　そんな話したっけ？」

という答えが返ってくる。今回も、どうせそんなものだろう。

ただ、今回の話は、いつもよりちょっとおもしろかった。博物館の館長をしている加《か》藤氏《とうし》にとっても、少しは興味《きょうみ》をかき立てられる内容《ないよう》だったのだ。

噂《うわさ》の内容《ないよう》は、大まかに言うとこんな感じだった。最近、夜中になると、山のほうの人通りの少ない道を恐竜《きょうりゅう》の化石が歩いている。その姿《すがた》を目撃《もくげき》した人は、決して少なくない。しかも、おどろいたことに、恐竜《きょうりゅう》のそばへ行くと女の人の声で「こんばんは」などとあいさつをするというのである。

つい気になって、加藤氏《かとうし》は質問《しつもん》した。

「恐竜《きょうりゅう》って、どんな恐竜《きょうりゅう》なんだ？」

「ほら、昔この辺にすんでいたっていう。化石も見つかってるんでしょ？　その化石が復活《ふっかつ》して、歩きまわっているんだって！」

そんなことあるはずない、と加藤氏《かとうし》は思った。この地方では、たしかに恐竜《きょうりゅう》の化石が見つかっていて、その一部が加藤氏《かとうし》の勤《つと》める博物館にも展示《てんじ》してある。とはいえ、化石が復活《ふっかつ》して歩くなんて、しかも日本語であいさつするなんて、ばかばかしいにも程《ほど》がある。

でも、まあ、ちょっと夢《ゆめ》のある噂《うわさ》だと言えなくもないか。


ある日の午後、加藤氏《かとうし》が館長をしている博物館に一本の電話がかかってきた。いつも電話を取ってくれる事務《じむ》の女性《じょせい》がたまたま席を外していたので、加藤氏《かとうし》が対応《たいおう》した。

「はい、〇〇博物館です」

「あの、ちょっとお願いしたいことがあって」

電話の主は女の人のようだった。

「なんでしょう?」

「あの、私《わたし》の歯が、お宅《たく》の二階のガラスのケースにあると思うんですけど、返してもらえますか? あれがないと、どうも調子が出なくて……」

それを聞いて、加藤氏《かとうし》は自分の耳を疑《うたが》った。

二階のガラス製《せい》のショーケースに飾《かざ》っている歯といったら、だいぶ前にこの地方で発見された、恐竜《きょうりゅう》の歯の化石だったからだ。

まさか、例の噂《うわさ》の恐竜《きょうりゅう》？　そういえば、女の人の声であいさつをするとか。

いや、噂《うわさ》に便乗した、たちの悪いいたずらにちがいない。

加藤氏《かとうし》がそんなことを考えているうちに、電話の主は、

「じゃあ、来週の火曜日にうかがいますから」

と言って、電話を切ろうとした。

「いや、待ってください！」

来週の火曜は開館日だ。もし、本当に噂通《うわさどお》りの恐竜《きょうりゅう》の化石が、自分の歯を取《と》り戻《もど》しに来るのだとしたら……。

来館者を危険《きけん》な目に遭《あ》わせるわけにはいかないと思った加藤氏《かとうし》は、

「水曜の午後にしてください」

と言って、電話を切った。

水曜なら閉館日《へいかんび》だ。もし本当に恐竜《きょうりゅう》の化石がやってきても、来館者がケガをすることは避《さ》けられる。

水曜日。加藤氏《かとうし》は休日出勤《しゅっきん》して、電話の主を待つことにした。何かあったらすぐに駆《か》けつけてくれるよう、警察《けいさつ》にも頼《たの》んである。

午後一時をすぎたころに、正門の脇《わき》にあるブザーが鳴った。

「ついに来たか」

まさか、恐竜《きょうりゅう》の化石が歩いてここへ来るはずがない。でも、もし現《あらわ》れたら……。

加藤氏《かとうし》が覚悟《かくご》を決めて門のところへ行くと、そこにいたのは小さなおばあさんがひとりだけだった。

なんだ。休館だって知らないで来たのかな。それとも道にでも迷《まよ》ったのか。

「すみません、今日は休館日なんです」

加藤氏《かとうし》がそう言うと、おばあさんは、

「いいえ、先日お電話して、今日の午後来るようにって言われた者です」

と言って、にっこり笑った。

どういうことだ？　じゃあ、電話をくれたのはこの人なんだな。

もしかして、一見おとなしそうなこのおばあさんが、例の恐竜《きょうりゅう》の化石の噂《うわさ》と何か関係しているのか？

油断《ゆだん》は禁物《きんもつ》だ。加藤氏《かとうし》は再《ふたた》び気を引《ひ》き締《し》めると、彼女《かのじょ》とともにエレベーターに乗って二階へと向かった。

エレベーターを降《お》りるとすぐに、この地で見つかった恐竜《きょうりゅう》の化石のコーナーがある。

ここには等身大の恐竜《きょうりゅう》の復元図《ふくげんず》があり、そのすぐ横のショーケースに、歯の化石が展《てん》示《じ》されている。

「二階にあるガラスケースの中の歯というと、これなんですが……」

加藤氏《かとうし》は、探《さぐ》るような目つきでおばあさんのほうを見た。

しかし、彼女《かのじょ》は恐竜《きょうりゅう》の歯の化石には目もくれず、意外としっかりした足取りで、すたすたと通路を歩いていく。

そして、トイレの脇《わき》の廊下《ろうか》にある、ガラスケースのところへ行って立ち止まった。

「ああ、やっぱりここにあった。これこれ、これを先日トイレの洗面所《せんめんじょ》に置いて帰ってしまって……」

おばあさんが指さしたのは、部分入れ歯をおさめているプラスチックの箱だった。おばあさんが言っていたのは、来館者の忘《わす》れ物《もの》を保管《ほかん》しているガラスケースのことだったのだ。

一気に全身の緊張《きんちょう》がとけていくのを感じた加藤氏《かとうし》は、危《あや》うくしゃがみ込《こ》んでしまうところだった。


数日後、噂《うわさ》の真相が明らかになった。

歩きまわって、人に会ったらあいさつまでするという恐竜《きょうりゅう》の化石は、近くの工業大学の学生たちが、学校祭のためにつくっていたリモコン式の巨大《きょだい》ロボットだったそうだ。

パーマ禁止《きんし》

夏休みが終わり、緑川《みどりかわ》中学校おなじみの光景が戻《もど》ってきた。

「おはようございます！」

正門で、体育教師《たいいくきょうし》の桜田弘司《さくらだこうじ》が声を張《は》りあげた。

返事をしない生徒には何度もたたみかけるようにあいさつをし、生徒一人ひとりの足元から頭の上まで観察する。

生活指導《せいかつしどう》を担《にな》う桜田《さくらだ》にとって、二学期初日は勝負日だ。

桜田《さくらだ》の使命は、中学生のスタンダードからはずれた生徒を見つけて、早急に正すこと。

特に、夏休み中は外部の誘惑《ゆうわく》につられやすく、道をはずす生徒が必ずいる。はずした道を進めば進むほど引《ひ》き戻《もど》しにくくなるから、早めの対処《たいしょ》が欠かせない。

（生徒に道をあやまらせないようにするのが、おれの役目だ。服装《ふくそう》の乱《みだ》れは非行《ひこう》の始まり。ガツンといくぞ！）

桜田《さくらだ》はスカート丈《たけ》が短い女子生徒や、ブレザーのボタンをはずしている男子生徒を捕《つか》まえては、注意していった。

登校時間のピークになり、歩道いっぱいに生徒が流れてくる。その生徒たちの間に、ふっくらとした黒いかたまりが見え隠《かく》れした。

（なんだ？）

桜田《さくらだ》は、近づいてくる生徒の頭を凝視《ぎょうし》した。

体のサイズに対して大きすぎる、きのこのようなヘアスタイル。

（アフロヘア？　芸能人《げいのうじん》の真似《まね》でもしているのか？）

桜田《さくらだ》は、アフロヘアの男子を呼《よ》び止《と》めた。

「二年二組の木下《きのした》。こっちに来ーい」

桜田《さくらだ》に呼《よ》び止《と》められると、たいていの生徒は苦笑いするか、ふてくされるか、びくつくかの反応《はんのう》をする。

ところが、木下《きのした》は顔色ひとつ変えず、ひょうひょうと桜田《さくらだ》の前にやってきた。

「おはようございます」

頭を下げて、きっちりあいさつをする。

「お、おう。おはよう」

(なんか調子が狂《くる》うなあ)

桜田《さくらだ》はコホッと、軽く咳払《せきばら》いした。

「校則《こうそく》でパーマが禁止《きんし》されているのは、知っているよな?」

「はい」

悪びれることなく、平然とうなずく木下《きのした》に、桜田《さくらだ》はむっとした。

「その髪型《かみがた》は、校則違反《こうそくいはん》だろう」

「パーマはかけていませんけど……」

木下《きのした》の返事に、桜田《さくらだ》の声のボリュームが上がった。

「その不自然な髪型《かみがた》が、天然パーマだっていうのかっ」

木下《きのした》は首を横に振《ふ》った。

「いえ、そうじゃなく、ぼくの塾《じゅく》で流行して……」

「流行？　こんな髪型《かみがた》が流行《はや》っているのか？」

桜田《さくらだ》が木下《きのした》の頭をさわると、木下《きのした》がバッと払《はら》いのけた。

「ヤバイって」

「なんだ、その反抗的《はんこうてき》な態度《たいど》は！」

怒鳴《どな》る桜田《さくらだ》に、木下《きのした》は冷静に言い返した。

「反抗《はんこう》じゃなく、親切心です」

「はあ？」

桜田《さくらだ》は顔に出さないようにしつつも、内心うろたえていた。自分が叱責《しっせき》すれば、生徒は反省なり、反抗《はんこう》なり、あきらめなり、なんらかの心の動きを見せるが、木下《きのした》は感情《かんじょう》を表さず、淡々《たんたん》と切り返してくる。

(コイツ、ただもんじゃないな……)

桜田《さくらだ》は、これ以上やり合うのをやめた。

「もういい。明日《あした》までにその髪型《かみがた》を直してこい。直さなかったら、保護者《ほごしゃ》を呼《よ》ぶからな」

「明日《あした》まで……は、保証《ほしょう》できません。明日《あした》の状態《じょうたい》で、また相談させてください」

桜田《さくらだ》はため息をつき、力なく言った。

「わかった。明日《あした》、また話し合おう」


翌朝《よくあさ》、桜田《さくらだ》は自宅《じたく》の洗面所《せんめんじょ》の鏡を呆然《ぼうぜん》と見つめた。

なんと、自分の髪型《かみがた》がアフロヘアになっていたのだ。

(ウソだろ?)

何がなんだか、わけがわからないが、アフロといえば木下《きのした》だ。とにかく学校へ行って、木下《きのした》に聞くしかない。

桜田《さくらだ》は早めに登校して、正門前に立った。

やってきた生徒はもちろん、ほかの先生たちも、桜田《さくらだ》を二度見し、笑いをかみ殺して通りすぎていく。

ようやく歩道の向こうに木下《きのした》が現《あらわ》れると、桜田《さくらだ》は猛然《もうぜん》と駆《か》け出《だ》した。

「きのしたぁー！」

ストレートの髪型《かみがた》に戻《もど》った木下《きのした》が、はあーとため息をつく。

「だから、さわったらヤバイって言ったのに……」

「どういうことだ？」

「言ったでしょ？　ぼくの塾《じゅく》で流行したって。今朝《けさ》の地方版《ちほうばん》の新聞にも、載《の》ってました」

木下《きのした》が差し出した新聞に、小さな記事があった。

『アフロヘアになる奇病《きびょう》？　緑川区《みどりがわく》の塾《じゅく》で流行《はや》る』

「アフロヘアをさわると感染《かんせん》してアフロヘアになるという奇妙《きみょう》な病気が、緑川区《みどりがわく》の塾《じゅく》で流行《はや》ったが、原因不明《げんいんふめい》のまま収束《しゅうそく》に向かっているそうです。塾《じゅく》のやつらはみんな、三、四日で治ったし、アフロ以外の症状《しょうじょう》はなかったから、先生も心配はいりませんよ」

いまどきマーメイド

人魚のセレンが恋《こい》をした。相手は、人間の若者《わかもの》。

始まりは、彼《かれ》が夜ごと浜辺《はまべ》で奏《かな》でるオカリナだ。夜風が沖《おき》まで運んできたその甘《あま》い音色は、セレンをうっとりさせ、そのくせ胸《むね》を切なく締《し》めつけた。

引《ひ》き寄《よ》せられるように泳いで行った渚《なぎさ》で、月明かりのもとオカリナを吹《ふ》く若者《わかもの》を見た。セレンは胸《むね》が高鳴るままに、彼《かれ》の音色に合わせて、歌う。今度は彼《かれ》がおどろいて、口からオカリナを離《はな》した。

「なんて美しい声だ。波に隠《かく》れて歌うきみは、だれ?」

「わたしはセレン。あなたの吹《ふ》く音色をもっと聞かせて」

「ぼくも、セレンの歌声をもっと聞きたい」

彼《かれ》は浜辺《はまべ》でオカリナを吹《ふ》き、それに合わせてセレンは波間で歌った。

そんな夜を重ね、ふたりの距離《きょり》は縮《ちぢ》まり、波打《なみう》ち際《ぎわ》で寄《よ》りそうほどになった。

「きみと一緒《いっしょ》に暮《く》らせたなら、どんなに幸せだろう」

「わたしだけを愛すると約束できる？　この先もずっと」

「きみの美しい歌声に誓《ちか》って」

夜が明けると、セレンは海底ショップへと急いだ。店主の魔女《まじょ》が笑う。

「人魚が懲《こ》りずに、また人間に恋《こい》したのかい。そのすばらしい尾《お》びれを足に変えたなら、二度と人魚には戻《もど》れなくなるというのに」

「彼《かれ》は、昔話の男たちとは、ちがうわ。わたしは幸せになる。泡《あわ》の心配もいらない」

「そうはいかない。尾《お》びれを足に変える『丸薬』と、恋《こい》に破《やぶ》れた時の『泡《あわ》』、セットじゃないと売れないよ。代金は、あんたの歌声。それがなくなっても、あの男はあんたを愛するだろうかねぇ」

魔女《まじょ》のためすような口調に、セレンは覚悟《かくご》を決めた声で答えた。

「もちろん。歌声が消えても、わたしたちの愛は変わらないわ」

その夜、セレンは生まれて初めて、陸に上がった。途端《とたん》に体が重くなり、足に力が入らず倒《たお》れそうになったセレンを、彼《かれ》が抱《だ》き止《と》める。

「心配いらない。ぼくが守る」

耳元の甘《あま》いささやきが心地よかった。

セレンはその日から、彼《かれ》とともに暮《く》らしはじめた。陸での暮《く》らしは、不自由なことが多かった。体が重い。足は頼《たよ》りなく、今までのようにスイスイと動けない。しかも、服を着なきゃならない。窮屈《きゅうくつ》だし、海水に比《くら》べて肌《はだ》ざわりも悪い。それでも家の中ではまだ、我慢《がまん》ができた。気持ち悪さが募《つの》ったら、お風呂《ふろ》で水に浸《つ》かることもできたから。

お出かけ、というやつが最悪だった。服よりさらに窮屈《きゅうくつ》な靴《くつ》を履《は》かなきゃいけない。自分の体ひとつでも重いのに、バッグなんていうものを持たされる。日光や風で肌《はだ》が乾《かわ》く。海に飛《と》び込《こ》みたい。だけど服を着たままではダメ、浜辺《はまべ》で服を脱《ぬ》ぎ捨《す》てて裸《はだか》になるのもダメ、泳ぎたいなら水着に着替《きが》えて。ああ、波とたわむれる時でさえ、水着なんてもので体を締《し》めつけなきゃならない。

それでも海に入りたい一心で、水着を着た。そして信じられないことに、おぼれた。セレンの足は、海水の中でさえ思うように動かなかった。

セレンは家に閉《と》じこもるようになった。せめて歌えたなら、少しは気持ちも晴れただろうに。しゃべることはできても、歌おうとすると声がかすれ、音もはずれた。

彼《かれ》が掃除《そうじ》や料理を教えようとした。でもセレンは、体を動かすことが億劫《おっくう》だった。火や刃物《はもの》が怖《こわ》くて、料理なんてとんでもない。

彼《かれ》はひとりで出かけるようになった。そして、とうとう――。

「別れよう。もう耐《た》えられない」

「ずっと愛する約束よ」

「きみは変わってしまった。ぼくが愛したセレンじゃない」

セレンの胸元《むなもと》で、ペンダントが震《ふる》えた。魔女《まじょ》の店で、丸薬とセットで買わされたものだ。ペンダントの先の二枚貝《まいがい》が足元に落ちる。まさか、こんな日が来るなんて。

貝が開く。中から泡《あわ》が噴《ふ》き出《だ》した。ふくらみ、はじけ、また生まれる。どんどん増《ふ》える。失恋《しつれん》エネルギーで活性化《かっせいか》する『ヴィーナスの泡《あわ》』だ。セレンの足を覆《おお》い隠《かく》し、さらに腰《こし》へ胸《むね》へと立《た》ち昇《のぼ》る。やがて泡《あわ》は、全身をすっぽりと包《つつ》み込《こ》んだ。

泡《あわ》が消えた時、セレンは大きな貝がらの上に、光りかがやく美しさで立っていた。

「やっぱり、ぼくにはきみしかいない。きみこそ、理想の女性《じょせい》……」

うっとりと両手を差し出す元カレに、セレンは優《やさ》しくほほ笑《え》んだ。

「あなたへの想《おも》いは、泡《あわ》とともにキレイさっぱり消えてしまったの」

「だったら、出会いからやり直そう」

「そうね、またいつかどこかで会うことがあったら」

そんなことより、さわやかな風や、きらめく木漏《こも》れ日《び》が、生まれ変わったセレンを祝福し、誘《さそ》っている。さぁ自分の足で歩いてごらん、って。ああ、体も軽いわ。

セレンは新しい世界へと、一歩を踏《ふ》み出《だ》した。

二回目の中学生

「先輩《せんぱい》、私《わたし》、プロポーズされたんです！　来年の春には式を挙げる予定なんで、ぜひ出席してくださいね！」

「えっ、ああ、そうなの？　ミホちゃん、おめでとう！」

あれ？　ミホちゃんって、たしか三か月くらい前にカレシと別れたって号泣《ごうきゅう》してなかったっけ？　散々思い出話を聞かされた気がするんだけど。いつのまに新しいカレシできたの？　しかも、そんなにすぐ結婚《けっこん》しちゃうの？

頭の中に「?」マークをたくさん浮《う》かべたままではあったが、ユリはとりあえず、三つ年下の会社の後輩《こうはい》の結婚《けっこん》を祝福した。

ユリは今年三十歳《さい》になった。中学や高校の同級生はどんどん結婚《けっこん》していき、最近では会社の後輩《こうはい》たちにも先を越《こ》されている。

とはいえ、今すぐ結婚《けっこん》したいというわけではない。でも、恋人《こいびと》くらいはいてもいいのになと思う。もう、かれこれ三年ほどカレシがいない。

中学校時代は男子と話すのも照れくさくて、カレシなんてとんでもないと思っていた。高校は女子校だったから出会いもなかったし、部活に打《う》ち込《こ》んでいるうちに三年間があっというまにすぎてしまった。しかし、大学時代以降《いこう》は、それなりに男の人ともつき合ってきたので、恋愛経験《れんあいけいけん》がまったくないというわけではない。

今、恋人《こいびと》がいないのは、単にいい出会いがないだけなのだ、きっと。

そう思ったユリは、縁結《えんむす》びのご利益《りやく》があるという○○神社にお参りすることにした。

神前で手を合わせている時、ふと、中学時代のことが頭をよぎった。

（あーあ、もっと中学時代に男の子にモテてみたかったな。今の経験値《けいけんち》を持ったままもう一度中学生になれたら、男の子とだって余裕《よゆう》で話せそうなのに……。あ、そんなことはどうでもいいんです。とにかく、すてきな運命の人に出会わせてください！）

と心の中でつぶやいた。

願いごとをし終えて目を開けると、ユリは見知らぬ場所にいた。

どうやら、どこかの中学校の二年生の教室のようだ。ちなみに母校ではない。

何これ、どういうこと？　まさか、タイムスリップしちゃったの？

しかし、教室の壁《かべ》に掛《か》かっているカレンダーは、さっきまでと同じ年のものだ。

トイレへ行って鏡を見ると、そこにいたのは中学時代の容姿《ようし》をした自分だった。ちゃんとみんなと同じ制服《せいふく》を着ている。でも、中身は三十年の人生経験《じんせいけいけん》を持ったままだ。

そっか、神社でお願いしたことが叶《かな》っちゃったんだ！

でも、本当に叶《かな》えて欲《ほ》しかったのは、運命の人に出会うっていうほうだったのにな。

まあ、いいか。どうせ、戻《もど》り方《かた》もわからないし、多分これって夢《ゆめ》だよね。この際《さい》、二回目の中学二年生を楽しんじゃおう！

すっかり夢《ゆめ》だと思《おも》い込《こ》んだユリは、ひさびさの中学校生活を満喫《まんきつ》しはじめた。

ところが、ユリの二回目の中二生活は、一夜限《いちやかぎ》りではなかったのである。

その日、ユリは制服《せいふく》のまま、ひとり暮《ぐ》らしのマンションへ帰った。そして、ひと晩《ばん》眠《ねむ》って朝を迎《むか》えたが、ユリの容姿《ようし》は元には戻《もど》らなかったのだ。

そんな状態《じょうたい》が、かれこれ二週間も続いた。

会社は無断欠勤扱《むだんけっきんあつか》いになっているのかしら？　心配になって電話してみると、佐山《さやま》ユリという女性《じょせい》は以前から在籍《ざいせき》していないという。

つまり、この世界には中学生の私《わたし》しかいないってことなのか。それにしても、いつまでこの生活が続くんだろう？

最初の一週間は張《は》り切《き》って、実際《じっさい》の中学時代には思いもつかなかったことをしてみた。

ほんの少しだけメイクをし、制服《せいふく》をおしゃれに着こなして、髪型《かみがた》も毎日変えた。

さらに、どんな男子にも分《わ》け隔《へだ》てなく、優《やさ》しく接《せっ》するようにした。

その結果、同級生の男子たちの大半が、ユリのことを好きになってしまったのだ。

しかし、いくらチヤホヤされたところで、しょせんは十六歳《さい》も年下の少年たちである。

ここでどれだけモテたって、しょうがないのよね……。

そんなふうに思っていたユリが彼《かれ》のことを知ったのは、中学校生活にすっかり飽《あ》きはじめていたころだった。

「ユリちゃん、見た？　隣《となり》のクラスに転校してきた男の子、すっごくカッコよかったよ！」

「そうそう、ちょっと大人《おとな》っぽくて、ユリちゃんにお似合《にあ》いって感じ！」

「ホントに？」

十六歳《さい》年下の女友だちふたりに腕《うで》を引《ひ》っ張《ぱ》られて、ユリはしかたなく隣《となり》のクラスへと足を運んだ。

はいはい、どうせまた声変わりもしていない、女子みたいな男子なんでしょ。

そんなことを思いながら顔を上げた先に、とても穏《おだ》やかな雰囲気《ふんいき》の男子がいた。

見た目はたしかに中学生なのだが、ほかの男子よりもずっと落ち着いている。

「高田《たかだ》くん、この子がさっき話したユリちゃんだよ！」

友だちがそう声をかけると、名前を呼《よ》ばれた男子は、ユリのほうへ向き直った。

「ユリさん、はじめまして。高田《たかだ》です。みんなが、きみのことを人気者だって言っていたよ。たしかにすてきな人だ。よろしくね」

高田《たかだ》くんのあまりに紳士的《しんしてき》なあいさつぶりに、中二女子たちは一斉《いっせい》に頬《ほお》を赤らめた。

そして、なんとユリも……。

この人、なんて感じがいいのかしら。中二男子に、まさかこんな人がいるなんて！

ユリは、高田《たかだ》くんと急速に親しくなっていった。

高田《たかだ》くんと話していると、とても中学生と話しているとは思えない。楽しいし、それにちょっとドキドキする。

そのうちに、ユリは、自分がどんどん高田《たかだ》くんに惹《ひ》かれているという事実に気づいてしまった。

でも、相手は中二よ。十六歳《さい》も年下なのよ。本気で好きになってどうするのよ？

ある日の放課後、たまたま昇降口《しょうこうぐち》で鉢合《はちあ》わせたふたりは、一緒《いっしょ》に帰ることにした。

ユリの心臓《しんぞう》は、今までの人生でこんなにドキドキしたことはないというくらい、高鳴っている。顔が熱くて、高田《たかだ》くんのほうを見ることすらできないが、彼《かれ》が歩調を合わせてくれているのがわかった。並《なら》んで歩いていると、高田《たかだ》くんに近いほうの体半分が、しびれているような気がする。

「ユリさんって、好きな人いる？」

ふいにそう聞かれて、ユリの心臓《しんぞう》は危《あや》うく飛び出すところだった。

「どうして、そんなこと聞くの？」

「どうしてって、ぼく、きみのこと……」

高田《たかだ》くんが立ち止まって、ユリのほうをじっと見つめている。

これって、ぜったい告白されるパターンだ！　うれしいけど、どうしよう？

そう思ったユリだったが、その耳に聞こえたのは意外な言葉だった。

「いや、ごめん。忘《わす》れて」

季節は夏の終わりごろだった。制服《せいふく》の半袖《はんそで》のシャツから伸《の》びた高田《たかだ》くんの細《ほそ》い腕《うで》には、小さなほくろが七つ、ちょうど北斗七星《ほくとしちせい》のような形をして並《なら》んでいた。

次の朝、目を覚ますと、ユリは三十歳《さい》の姿《すがた》に戻《もど》っていた。

自分がこの数週間、中学生だったことは覚えているが、制服《せいふく》もなくなっていたし、自分が昨日《きのう》までどこの中学校にいたのかも、どうやって通っていたのかも思い出せなかった。担任《たんにん》の先生の名前も、クラスメイトの名前も、そして、あんなに気になっていた隣《となり》のクラスの彼《かれ》の名前も、すべて記憶《きおく》から削除《さくじょ》されていた。

会社へ行って確認《かくにん》したところ、ユリはどうやら昨日《きのう》まで休むことなく出勤《しゅっきん》していたようだった。

いったい、あの日々は何だったのだろう？

顔もよく思い出せないけど、あの彼《かれ》が運命の相手だったのかな？　日本中の中学校を探《さが》したら、また会えるのかしら？　でも、私《わたし》の見た目はもう中学生じゃない。再会《さいかい》できたところで、十六歳《さい》も年上の女性《じょせい》を中学生が相手にしてくれるわけがない。

ユリは落《お》ち込《こ》みつつも、社会人としての日常《にちじょう》に戻《もど》っていった。

ある日、取引先の会社の担当者《たんとうしゃ》が部署《ぶしょ》を異動《いどう》することになり、新しい担当者《たんとうしゃ》がユリのところへあいさつに来た。

新しい担当者《たんとうしゃ》は、ユリと同じ年齢《ねんれい》の感じのよい男性《だんせい》だった。

この人、あの時の彼《かれ》に雰囲気《ふんいき》が似《に》ている気がする。彼《かれ》が三十歳《さい》になったら、こんな感じかもなあ。

ふたりは仕事の打ち合わせなどで、何度か会うようになった。しかし、あくまでも仕事上の仲間という関係のまま、月日が流れた。

ある夜、打ち合わせ後に夕飯をともにした時、好きな人がいるかどうかという話になった。すると、相手がこんなことを口にしたのである。

「変な趣味《しゅみ》だと思わないでくださいね。ぼくは最近、中学二年生の女の子を本気で好きになってしまったんです。あなたは、その子に雰囲気《ふんいき》が似《に》ているんですよ」

「変だなんて……。だって、私《わたし》もつい最近、中学生の男の子を……」

と言いかけて、ユリは半袖《はんそで》のシャツから伸《の》びている彼《かれ》の腕《うで》に、小さなほくろが七つ、ちょうど北斗七星《ほくとしちせい》のような形をして並《なら》んでいるのを見つけた。ユリは、例の彼《かれ》の名前も顔も忘《わす》れていたが、なぜかそのほくろのことだけはしっかりと覚えていたのだ。

「もしかして、あなたは最近、中身はこの歳《とし》のままで、外見だけ中学二年生としてすごしていたんじゃないですか？」

「えっ、なんで知ってるんですか？　そうです。そろそろ結婚《けっこん》相手に出会えたらいいなと思って縁結《えんむす》びで有名な〇〇神社へ参拝《さんぱい》した時に、中身がこのままで中学生に戻《もど》ったらどうなるかなって、ちらっと思って。そしたら、ほんとに中学校にいて……」

「実は、私《わたし》もそうなんです！　いきなり中学生になって、あなたに雰囲気《ふんいき》が似《に》ている男の子を本気で好きになって。その腕《うで》のほくろ、その子にあったのと同じ！」

「じゃあ、ユリさんがあの女の子なんですね？　じゃあぼくたち、中身は三十歳同士《さいどうし》で恋《こい》をしていたってことですね！」

こうして、ふたりはつき合うことになった。

そして、ちょうど一年後、例の神社で結婚式《けっこんしき》を挙げたのだった。

あと五分

「ハルト、起きなさい」

「う、うう～ん」

「ほらもう六時半だよ。起きないと、学校に遅刻《ちこく》するよ」

「わ、わかってるよぉ」

というのが平日朝の、お約束の一コマだ。バスと電車で一時間かかる学校に通っているオレは、毎朝こうして母ちゃんに叩《たた》き起《お》こされる。

わかっているけど、できることなら一分でも一秒でも長く寝《ね》ていたい。なにせ昨日《きのう》の夜は十時すぎまでゲームをして、そのあと宿題があることに気がついたから、寝《ね》たのは一時ごろだったし。

「ハルトっ！」

ガバッと母ちゃんに布団《ふとん》をはがされて、オレはもう起きるよりほかなかった。

「わかったよ。わかったってば」

眠《ねむ》い眼《め》をゴシゴシこすりながら、洗面所《せんめんじょ》に向かおうとしてオレは気がつく。

台所の時計は六時二十五分。

「なんだよ母ちゃん。まだ六時二十五分じゃないか」

「アンタを起こすのには、このくらいがちょうどいいの」

朝ごはんの支度《したく》で忙《いそが》しい母ちゃんは、オレの文句《もんく》を聞こうともしない――というのも平日朝の、お約束の一コマだ。このあとオレは顔を洗《あら》って、急いで朝ごはんを食べて、トイレに行って、歯を磨《みが》いて、制服《せいふく》に着替《きが》えて、七時ジャストに玄関《げんかん》を出る。それから歩いてバス停に向かい、いつものバスに乗るのだ。

でもさあ、とオレは思う。母ちゃんはせっかちで、いつもオレに「はやくっ！」ってせかすから困《こま》っちゃうんだ。毎朝五分早く起こされるのも、そのひとつ。

ウチは父ちゃんの方針《ほうしん》で、食事の時はテレビを見ない決まりになっている。それで母ちゃんは朝ごはんの準備《じゅんび》をする時から、テレビの時計ではなく、台所の時計を見てオレを起こしに来る。

あ、いいことを思いついたぞ！

オレはそのアイデアを実行することにした。

その日の夜、両親が寝《ね》たあとでオレは台所の時計を五分後ろに遅《おく》らせた。母ちゃんがいつも見ているやつだ。

こうすることで、本当の時刻《じこく》は六時半なのに、五分後ろに遅《おく》らせた台所の時計だけは「六時二十五分」になっている。

つまり、せっかちな母ちゃんが台所の時計の「六時二十五分」を見て、オレを起こしに来ても、本当の時刻《じこく》は「六時半」だから、オレはこれまで母ちゃんによって奪《うば》われていた、朝の貴重《きちょう》な「あと五分」を取《と》り戻《もど》すことができるというワケだ。

翌朝《よくあさ》。

「ハルト、起きなさい」

「う、うう〜ん」

「ほらもう六時半だよ。起きないと、学校に遅刻《ちこく》するよ」

「わ、わかってるよぉ」

そう、オレはわかっているのだ。台所の時計を見た母ちゃんは、六時二十五分にオレを起こしに来たつもりだろうが、本当の時刻《じこく》は六時半。オレは大事な「あと五分」を母ちゃんからついに取《と》り戻《もど》したのだ！

気分よく起きたオレは、いつもの通り顔を洗《あら》って、急いで朝ごはんを食べて、トイレに行って、歯を磨《みが》いて、制服《せいふく》に着替《きが》えた。

そして台所の時計を見ると七時ジャスト……あっ、

「やっべー。あの時計、五分遅《おく》れてんだあ。いつものバスに乗《の》り遅《おく》れる！」

オレはバス停に向かって猛《もう》ダッシュした。

デジャヴ

ハルカの毎日は、デジャヴに満ちていた。

「私《わたし》にもそういうことあるよ」

と友だちは言うけれど、そんなレベルではない。一日に何度も訪《おとず》れる既視感《きしかん》。これはもう、デジャヴ体質《たいしつ》だと言っていいくらいだ。

朝起きれば、雨が降《ふ》っているような予感。もちろん外は雨。前から向かってくる車が私《わたし》に泥《どろ》をかけるような……と感じている間に、スカートの裾《すそ》が汚《よご》れていく。楽しみにしていたイベントも、ぜんぶが見たことのある光景へと変わってしまう。修学《しゅうがく》旅行や運動会だって、ハルカはうすっぺらい感動しか覚えることができないのだ。

テストでいい点を取っても、カレシができても、偶然《ぐうぜん》買ったクレープがおいしくても、すべてが経験済《けいけんず》みのようになってしまうなんて……つまらなさすぎる。

「でもつらい時は、楽なんじゃない？」

友だちに、そう聞かれたこともあった。予期せぬ失敗や悲しいシチュエーションで、深い傷《きず》を負わずに済《す》むんじゃないか、と考えるのだろう。

たしかに、失恋《しつれん》した時や親せきが亡《な》くなってしまった時。いつでも冷静に受け入れている自分がいた。どれだけつらくても、なみだなんて流れない。あるのは、やっぱりこうなるんだ、という納得《なっとく》だけ。

こんな毎日では、一つひとつの行動に後悔《こうかい》も感動も覚えることもない。

目の前ですぎていく現実を、ただ淡々《たんたん》と受け入れるだけ……。新鮮《しんせん》さを失った世界は、モノクロ映像《えいぞう》のように、味気ないもの。

「人生ってつまらないものね」

ハルカはうつろな目で、小さくつぶやいた。

そのころ、ハルカの様子を研究所から見守っていた博士たちは、

「こんなことになってしまうとは……」

と肩《かた》を落としていた。見ていられない、と席を立つ者もいる。そう、彼女《かのじょ》は、この研究所で開発した「心の準備《じゅんび》くん一号」の治験者だったのだ。

博士たちは、もうずっと前から、未来予知についての研究を続けていた。

未来予知に成功すれば、地震《じしん》などの天災《てんさい》や、戦争を未然に防《ふせ》ぐことができるだろう。

しかし、未来予知にはデメリットもあった。今後、世界が悪い方向へ向かっていくとしたら、未来を知って、悲観してしまう恐《おそ》れがある。

「それなら、すべてのできごとに、既視感《きしかん》を覚えるようにしたらどうでしょうか?」

研究の途中《とちゅう》で、そう言い出したのは、若《わか》い助手だった。万が一知りすぎてしまった場合も、デジャヴ効果《こうか》を与《あた》えることでショックから回復《かいふく》する、という新しい方法。

「それはいい」

と、すぐに開発が進められた。その研究がほぼ完成したころ、研究所へ突然《とつぜん》飛《と》び込《こ》ん

できたのが、ハルカだったのだ。

息せき切って、研究所のドアを叩《たた》く女の子の姿《すがた》に、博士たちはおどろいた。

「先生！　ここでは不安を消せるんでしょ。お願いします……私《わたし》を助けて」

研究が順調であることは、先週の新聞で取りあげられたばかり。ハルカはその記事を目にし、ここまで走ってきたのだろう。

「まあ、落ち着きなさい」

ハルカを椅子《いす》に座《すわ》らせると、博士たちはカウンセリングを行った。その結果〝ハルカは一般《いっぱん》レベルを超《こ》えた、極度の心配性《しんぱいしょう》である〟という事実が見えてくる。

「先のことを考えすぎて不安だらけなんです。なんとかしてください」

少し聞いただけでも、日常《にちじょう》生活を送るのが難《むずか》しいことは明らかだった。

「私《わたし》……助かりますか？」

ハルカのピュアで、まっすぐな目に見つめられ、博士たちは決断《けつだん》した。研究の成果をためす、よい機会かもしれない……と。

「助けられないこともないが……体内に、このチップを埋《う》め込《こ》む必要がある」

話したら怖《こわ》がってやめてしまうだろうか？　博士は緊張《きんちょう》しながら説明するが、

「たったそれだけでいいんですか？」

と、ハルカはいたって涼《すず》しい顔。

「怖《こわ》く……ないのかい？」

「チップを埋《う》めるのは怖《こわ》いし不安だけど……これからはもう、不安を覚えなくて済《す》むんですよね。それなら私《わたし》、がんばれます」

すがすがしいハルカの表情《ひょうじょう》に、満場一致《まんじょういっち》で第一号の治験者が決定した。

「チップを埋《う》め込《こ》んだ瞬間《しゅんかん》、不安も、恐怖《きょうふ》も、すべてが消え去るだろう」

そして数時間後。

博士たちは期待に胸《むね》を高鳴らせながら、手術《しゅじゅつ》を終えた彼女《かのじょ》を取り囲む。

「気分はどうだね」

「私《わたし》……？」

「具合の悪いところがあってね。今、治したところだよ」

「そうなんですか。先生方、ありがとうございます」

「どこかおかしな部分はないかな？」

「どうしてでしょう。この会話を前にもしたことがあるような気がします」

その返事に、博士はほくそ笑《え》む。成功だ。この答えこそ、彼女《かのじょ》に正しくデジャヴ効果《こうか》が起きている証拠《しょうこ》。

「では、落ち着いたら家へ帰りなさい。不安なことはあるかい？」

「不安？　そんなの少しもありません」

あれだけ苦しそうにしていたハルカが、顔色ひとつ変えず答える。思っていた以上の結果を得られ、博士たちも全員うれしそうだ。

それからのハルカは、予定調和の毎日を、ただ機械のように送るだけとなった。

しかし、マイクロチップのGPSを追《お》いかけていた博士たちは、首をかしげる。

「本当に、これでよかったのでしょうか?」

ぽつりとつぶやく助手。マイクロチップを埋《う》め込《こ》むことで得るものは〝安心感〟ではなかった。ハルカにあるのは、見知った世界を淡々《たんたん》と消化するつまらない毎日。

「人生というのは、先行きがわからないからこそおもしろいんですね」

その言葉を合図に、

「まだまだ改善《かいぜん》の余地《よち》がありそうだ」

と、モニターを見ていた博士たちが立ち上がる。未来を知り、絶望《ぜつぼう》した人間がみんな無気力になってしまっては、人類は絶滅《ぜつめつ》してしまうだろう。治験者である彼女《かのじょ》には申しわけないが、この結果は失敗と言わざるを得ない。

未来予知ができたとしても、その後の対策《たいさく》が不十分では意味がない……。モヤモヤした気持ちを抱《かか》えた博士たちは重い足取りで、自分の仕事へ戻《もど》っていくのだった。

ボクとAI

どうやら長く、とてつもなく長く、眠《ねむ》っていたみたいだ。

目を覚ましたボクは、あたりを見まわした。

かすかに光るLEDライトの光で、うす暗い部屋の様子がわかってくる。

天井《てんじょう》や壁《かべ》から無数の電源《でんげん》コードがぶら下がっている。ボクの脇《わき》には人が入るカプセルがいくつもあった。

「ここは、どこなんだ」

上半身を起こすと、前にあったパソコンがキュインと音を立てて起動した。

《オメザメ、デスネ》

スピーカーから、女性《じょせい》の声が聞こえる。

「キミは？」

《ワタシハ、ＡＩ。ジンコウチノウ、デス》

「そ、そうなんだ。人工知能《ちのう》なんだ」

ボクは、眠《ねむ》る前の記憶《きおく》を呼《よ》び戻《もど》そうとした。けれど、あまりにも深い眠《ねむ》りについていたためか、なかなか思い出せない。

《キオクガ、モドリマセンカ》

「そうみたいなんだ。ちょっと待ってくれないか」

そう言って頭を抱《かか》えていると、わずかに記憶《きおく》がよみがえってきた。

「あ、ここは研究所の地下だよね」

《ソウデス》

「そうだ、思い出したよ。世界の核戦争《かくせんそう》が最終局面に入ったころ、シバザキ教授《きょうじゅ》と研究チームが全員で、どうすれば人類が生き残れるか、考えていたんだ」

《ソウデス》

「それで、地下三百メートルにあるこのシェルターにこもって、眠《ねむ》ったまま歳《とし》を取らないカプセルに入って……」

でも、そのあとが思い出せない。

《ソウデス》

ＡＩは答え続ける。

《ナガイ、ネムリニ、ツイテ、イマシタ》

「そうだよね。何年くらい、たったのかな」

《５８６ネン、デス》

「そんなに長い間……あっ」

ボクは立ち上がって、もう一度、あたりを見まわす。

ボクの周囲には、シバザキ教授《きょうじゅ》をはじめ、研究チームの仲間たちがカプセルで眠《ねむ》っていたはずだ。だが、姿《すがた》が見当たらない。

「みんなは」

《…………》

Ａ Ｉは答えない。

「なあ、どうしたんだよ。教えてくれよ」

《ホカノ、ミナサンハ、３２１ネン、マエニ、ナクナリ、マシタ》

「なんだって！」

ボクひとりだけが、そのあと三百年以上も眠《ねむ》ったまま生きていたのか。でも、

「どうしてみんな、亡《な》くなってしまったんだ」

《ホウシャノウガ、ココニモ、キタノデス》

それで、みんな死んでしまったということか。

シェルターにこもった教授《きょうじゅ》と研究チームは、カプセルで長い眠《ねむ》りにつき、地表の放射《ほうしゃ》能汚染《のうおせん》がなくなったころに目覚めるはずだった。このシェルターですらダメなら、地表にいた人類はとっくに滅《ほろ》んでしまっただろう。

ボクはガックリとうなだれ、Ａ Ｉに話しかけた。

「人類がボクひとりだけ生き残っても、どうにもならないよな……」
《ソレハ、チガイマス》
「え、なんで？」
《カガミヲ、ミテ、クダサイ》
ＡＩが変なことを言うので、ボクは不思議に思いながら鏡を見た。
鏡には一体のロボットが映《うつ》っていた。

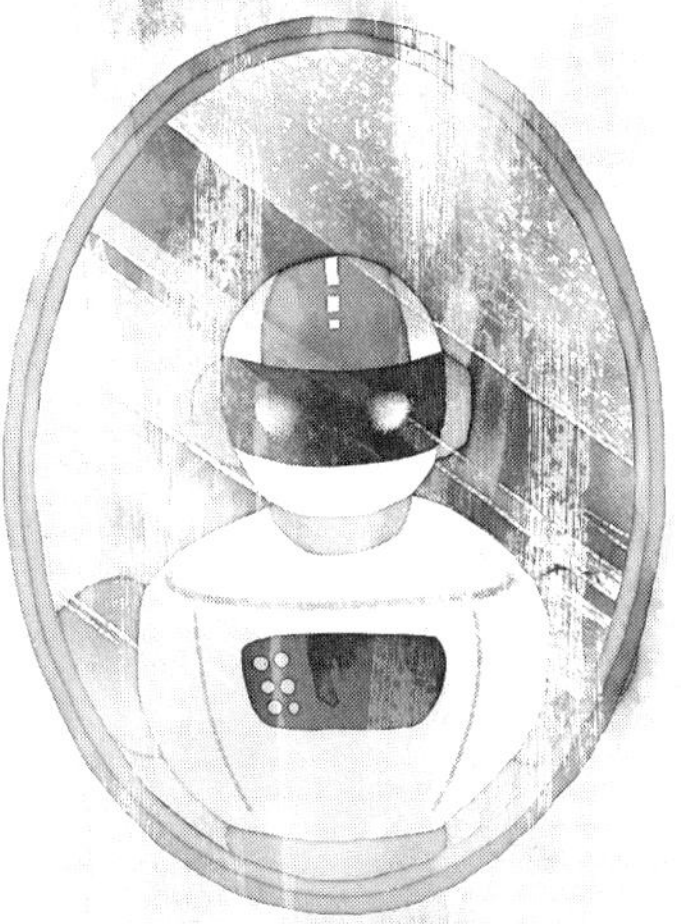

留《る》守《す》番《ばん》電話

通学カバンの中で、突然《とつぜん》、携帯《けいたい》電話が鳴り出した。すぐに鳴りやんで欲《ほ》しいと願う唯《ゆい》の心とは裏腹《うらはら》に、着信音はいつまでも部屋の中に鳴《な》り響《ひび》いている。

「ごめんね。ちょっと電話に出るね」

唯《ゆい》は不機嫌《ふきげん》そうな正樹《まさき》の顔色をうかがいながら、あわててカバンを開けた。あせる気持ちで、カバンの中からパールピンクの携帯《けいたい》を取り出す。

ディスプレイに表示《ひょうじ》された『母』という文字を見た途端《とたん》、強い後悔《こうかい》が唯《ゆい》を襲《おそ》う。

電源《でんげん》を切っておけばよかった。せめて、着信音が鳴らないようにしておけば。

初めて正樹《まさき》の部屋に招《まね》かれたことに舞《ま》い上《あ》がり、携帯《けいたい》のことを忘《わす》れていたのだ。

こわばった自分の表情《ひょうじょう》を隠《かく》そうと正樹《まさき》に背《せ》を向け、携帯《けいたい》を耳に当てる。すぐに、母の心配そうな声が聞こえてきた。

――唯《ゆい》？　母さんだけど……。

「わかってるよ。何？」

正樹《まさき》に聞かれないよう、声を押《お》し殺《ころ》す。

――今、どこにいるの？　外はもう暗いわ。雪もちらついているし、心配で……。

「今日は遅《おそ》くなるって言っておいたでしょ。……友だちの家に寄《よ》るって」

――学校のお友だち？　母さんが知っている子？　江美《えみ》ちゃん？　早紀《さき》ちゃん？

心配性《しんぱいしょう》の母は、唯《ゆい》に少しの自由も許《ゆる》してくれない。いつもなら、親の愛情《あいじょう》なのだとあきらめ、自分を納得《なっとく》させることもできる。だが、長い片想《かたおも》いの末にようやくつき合い始めた正樹《まさき》と一緒《いっしょ》にいる時だけは、邪魔《じゃま》をされたくなかった。

「だれでもいいじゃん！　ともかく、そんなに遅《おそ》くはならないから！」

唯《ゆい》は通話終了のボタンを押《お》し、電源《でんげん》を切ってカバンの奥《おく》に携帯《けいたい》を押《お》し込《こ》んだ。

中学一年生の時、母からの連絡《れんらく》に必ず返信するという条件《じょうけん》と引《ひ》き換《か》えに、持たせてもらった携帯《けいたい》。今では、唯《ゆい》を見張《みは》っている母そのもののように思える。

ベッドに座《すわ》った正樹《まさき》が、立ちつくしたままの唯《ゆい》に皮肉っぽく言った。

「飯田《いいだ》さぁ。お前、中三だろ？　小学生みたいだな」

決まり悪さとはずかしさで、唯《ゆい》の顔が赤くなる。正樹《まさき》が顔を背《そむ》けて冷たく言った。

「もういい。帰れよ。『親が知らない友だちの家』からさ」

正樹《まさき》は自分の携帯《けいたい》を取り出してベッドに寝転《ねころ》がり、だれかにメールを打ち始めた。もう唯《ゆい》には興味《きょうみ》がないとでもいうように。

「うん……。今日は帰るね……。ごめんね」

唯《ゆい》は小さな声でつぶやき、うつむいて正樹《まさき》の部屋をあとにした。

うっすらと雪の積もった夕暮《ゆうぐ》れの道を歩きながら、唯《ゆい》は目に浮《う》かんだなみだを何度もぬぐった。正樹《まさき》のメールの相手は別の女子なのではないかと想像《そうぞう》し、胸《むね》が苦しい。

中学に入ってからずっとあこがれていた正樹《まさき》。学校で最も目立つ存在《そんざい》である彼《かれ》に、おとなしくて目立たない自分のような人間の気持ちなど、届《とど》くはずがないと思っていた。

その片想《かたおも》いが、奇跡的《きせきてき》に叶《かな》ったのだ。だが、母から頻繁《ひんぱん》に入る確認《かくにん》電話のせいで、正樹《まさき》はすでに唯《ゆい》とつき合うことを面倒《めんどう》だと思い始めている。

心がしずみ、足取りが重くなる。母が待つ家に帰りたくない。それでも、真面目《まじめ》な唯《ゆい》にできたことは、せいぜい遠回りして帰宅《きたく》することだけだった。

家の明かりが見えてきた時、唯《ゆい》はカバンから携帯《けいたい》を取り出した。

電源《でんげん》を入れ、正樹《まさき》からのメールを期待してディスプレイを見る。表示《ひょうじ》されたのは、母から入った留守番《るすばん》電話の着信記録だけだった。

再生《さいせい》しなくても、録音《ろくおん》された内容《ないよう》は想像《そうぞう》できる。

——唯《ゆい》、大丈夫《だいじょうぶ》？　早く帰って来てね。心配でたまらないの……。

小さいころから、母は決して唯《ゆい》を怒《おこ》ることはなかった。ただ、心配という言葉でがんじがらめにするだけだ。

唯《ゆい》はぼんやりと携帯《けいたい》を見つめた。

愛情《あいじょう》という名の見えない糸で、縛《しば》りつけられている自分。

その糸をほどきたいとあがくのに、きつく絡《から》まってのがれることができずにいる。

その時、後ろから突然《とつぜん》、唯《ゆい》の名を呼《よ》ぶ声がした。

「帰ってきたのね。唯《ゆい》」

振《ふ》り返《かえ》ると、青ざめた母が立っていた。無造作《むぞうさ》に結んだ髪《かみ》に、白い雪がついている。

母は唯《ゆい》を見ると、ホッとしたように笑って言った。

「よかった。安心したわ。お夕飯、冷めちゃったから温め直すわね。カゼを引いたら大変だから、先にお風呂《ふろ》に入って……」

「ごはんなんかいらない！　お風呂《ふろ》だってどうでもいい！」

母の言葉を遮《さえぎ》り、にらみつけながら唯《ゆい》は言った。

「お母さん……。私《わたし》を探《さが》してたの？　こんなに寒いのに、コートを着るのも忘《わす》れて？」

母はあわてて唯《ゆい》に謝《あやま》った。

「ごめんね。母さん、心配で……」

「いいかげんにしてよ！　私《わたし》、もう十五歳《さい》だよ？　行く先も友だちも、自分でちゃんと選べる！　過保護《かほご》すぎて息が詰《つ》まりそう。お願いだから、ほうっておいて！」

唯《ゆい》は声を張《は》りあげた。白《しら》けた表情《ひょうじょう》で自分を見た正樹《まさき》の顔が、脳裏《のうり》をよぎる。

唯《ゆい》にはわかっていた。もともと、正樹《まさき》が自分にそれほど興味《きょうみ》を持ってはいなかったことを。だから、唯《ゆい》に対して思いやりも優《やさ》しさも見せないのだ。唯《ゆい》とつき合ったのは、ただの気まぐれだ。正樹《まさき》が好きでたまらなかったから、気がつかないふりをしていただけだ。

胸《むね》がズキズキと痛《いた》み、なみだがあふれる。母のせいにしなければ、このつらさから抜《ぬ》け出《だ》せない気がした。

「携帯《けいたい》、返すよ！　お母さんなんか、大嫌《だいきら》い！」

唯《ゆい》は携帯《けいたい》を道に投げつけ、家とは反対の方向へ泣きながら走り出した。

「唯《ゆい》！　待って！」

母の叫《さけ》び声《ごえ》が聞こえる。だが唯《ゆい》は振《ふ》り返《かえ》らなかった。

「飯田《いいだ》さん。もしよかったら、夕ごはんでも一緒《いっしょ》にどう？」

夕方、帰宅《きたく》しようと会社の廊下《ろうか》を歩いていた唯《ゆい》に、同僚《どうりょう》の山川《やまかわ》が声をかけてきた。照れたような表情《ひょうじょう》だ。入社してから、ずっと唯《ゆい》を気にしてくれていた山川《やまかわ》。

だが、唯《ゆい》は横に小さく首を振《ふ》った。

「ありがとうございます。でも、ごめんなさい」

オフィスビルのエレベーターホールへ向かう唯《ゆい》のあとを、山川《やまかわ》があわてて追ってくる。

「急な誘《さそ》いでおどろいたかもしれないけど、俺《おれ》は本気できみを」

唯《ゆい》は下りのエレベーターのボタンを押《お》して言った。

「母から留守《るす》番《ばん》電話が入っていたんです。今夜は雪が降《ふ》りそうだから、遅《おそ》くならないうちに早く帰って来てって」

「……そんな断《ことわ》り方《かた》をするほど、俺《おれ》の誘《さそ》いが嫌《いや》だなんてショックだな」

山川《やまかわ》が傷《きず》ついた表情《ひょうじょう》で、エレベーターにひとり乗《の》り込《こ》む唯《ゆい》を見る。

「留守電《るすでん》なんて嘘《うそ》だろう？　きみのお母さんは、何年も前に亡《な》くなったと聞いたよ」

唯《ゆい》は無言のまま、山川《やまかわ》から視線《しせん》を背《そむ》けた。

エレベーターの扉《とびら》が閉《し》まる。

下っていくエレベーターの中で、唯《ゆい》はパールピンクの携帯《けいたい》を見つめていた。

中学三年のあの日、この携帯《けいたい》を道に投《な》げつけて走り出した唯《ゆい》。携帯《けいたい》は車道へと転がり、とっさに拾おうと飛び出した母を、乗用車が無残にはねた。うっすらと積もった雪の上に続く灰色《はいいろ》のタイヤ痕《こん》が、今でも唯《ゆい》の脳裏《のうり》に焼きついている。

あれから九年の歳月《さいげつ》が流れたが、母のメッセージが残るこの携帯《けいたい》を、唯《ゆい》はどうしても処分《しょぶん》することができずにいた。

ビルの外へ出ると、あの日のように白い雪が降《ふ》っている。

留守番《るすばん》電話の再生《さいせい》ボタンを押《お》し、携帯《けいたい》を耳に当てた。

いつものように、唯《ゆい》を気遣《きづか》う母のか細い声が聞こえる。

——唯《ゆい》、早く帰って来てね……。もうすっかり暗くなったわ……。

「すぐに帰るわ。心配しないで、お母さん」

グシャリとつぶれて壊《こわ》れたままの携帯《けいたい》に向かい、唯《ゆい》はそっとささやいた。

新天地

小さな宇宙船《うちゅうせん》が一隻《いっせき》、四年前に発見された生存可能《せいぞんかのう》な惑星《わくせい》へ向かっている。

乗組員は若《わか》い男性《だんせい》ひとりだ。せまい宇宙船《うちゅうせん》の中、ひとりきりの長旅はかなりの精神的《せいしんてき》苦痛《くつう》を伴《ともな》う。それならいっそ「外出が嫌《きら》いな人」に搭乗《とうじょう》してもらえばいい、ということで「引きこもり」だった彼《かれ》が選ばれた。宇宙船《うちゅうせん》は自動操縦《そうじゅう》だから何も難《むずか》しいことはない。彼《かれ》の仕事は孤独《こどく》にコールドスリープをくり返すだけだった。

引きこもり生活を送っていた彼《かれ》だが、決して人嫌《ひとぎら》いというわけではなかった。本当は人と仲よくしたいと思っていた。だからこそこの任務《にんむ》を引き受けたのだ。

(新惑星入植者《しんわくせいにゅうしょくしゃ》第一号となれば、あとから来る人は僕《ぼく》に一目《いちもく》置くにちがいない。向こうが尊敬《そんけい》のまなざしで見てくれるなら、嫌《いや》な思いをすることもない。最初から好かれてい

れば、人づき合いなんて楽勝だ）

彼《かれ》は「先駆者《せんくしゃ》」や「先輩《せんぱい》」といった自分が優位《ゆうい》に立てる状態《じょうたい》で人間関係を築《きず》きたいと考えていた。敬《うやま》われたくてしかたがない。それにはこのミッションが最適《さいてき》だったのだ。

「おや？　あれはなんだ？」

最後のコールドスリープから目覚めた彼《かれ》は、目指す惑星《わくせい》の地表にさまざまな建物が建っているのに気がついた。

惑星《わくせい》に降《お》り立《た》ってみると、たくさんの人が行き来している。ひとりが近づいてきた。

「あなたがコールドスリープしている間に、宇宙航行技術《うちゅうこうこうぎじゅつ》もさらに発展《はってん》し、今までの数百倍の速さで目的地に着けるようになったんです」

「なんだって！　僕《ぼく》は追《お》い抜《ぬ》かされていたのか！　あの、では僕《ぼく》は何人目ですか？」

「あなたは五千人目になります。すべてにおいてわれわれの知識《ちしき》や技術のほうが進んでいますが、心配いりません。なんでも聞いてください、教えて差しあげますから」

彼《かれ》は失望した。そして新天地でも地球と同じ引きこもりの生活が始まった。

上の階

「ちょっと、部活はどうしたのよ、部活は！」

「だから、今日は休みだってば」

「まったく、元気な高校生が昼間っからゴロゴロしてるんじゃないわよ」

母親が掃除機《そうじき》をガシガシかけはじめたので、オレはしぶしぶ起き上がった。まったく、せっかくの夏休みなのに、おちおちテレビも見ていられないんだ。この家は。

「あんた、今日は何も用事ないの？　デートとか」

「ねーよ！　悪かったな」

すると、カチッと掃除機《そうじき》が止まって、母はにんまりしながらこう言った。

「じゃ、ジャパネ電機につき合ってよ。今朝《けさ》、炊飯器《すいはんき》とトースターがとうとう壊《こわ》れちゃって、買い替《か》えるの。ごはんは毎日炊《た》かなくちゃならないし、あんたも毎朝トースター使うし……。今日まとめて買っちゃいたいんだけど、ほら、重いじゃない？」

「……それ、つまり、荷物持ちってこと？」

「うん。ついでに、三ツ丹《みつたん》デパートでお中元送る間待っててくれたら、七階で、星野屋《ほしのや》の牛めしおごるわよ」

「うーーん」

オレが一瞬《いっしゅん》答えに詰《つ》まっている間に、話はもう決まっていた。ま、いっか。星野屋《ほしのや》の牛めしは、子どものころからの好物だからな。

ジャパネ電機で買った炊飯器《すいはんき》とトースターを持たされて、三ツ丹《みつたん》デパート六階のお中元コーナーへ。送り先がたくさんあるらしく、品物を決めるまでに一時間。決まると次は、カウンターで送付の手配が始まる。どんだけ時間がありゃ終わるんだ。

「もうダメ。オレ、ちょっとぶらぶらしてくるわ」

「終わるまでに戻《もど》ってきなさいよ」

母親の足元に荷物を置き、オレは店内を歩いた。前に来た時の記憶《きおく》だと、あっちの階《かい》段《だん》は、大理石にアンモナイトの化石があるんだよな。あそこから七階のレストラン街に上がって、星野屋《ほしのや》の店先でメニュー見てこようっと。

「あれ？　階段《かいだん》がないぞ。エレベーターになってる」

エレベーターの扉《とびら》は新しいのに、照明が切れているのか、そこだけ妙《みょう》にうす暗い。

「おわっ」

オレは思わず変な声を出した。扉《とびら》の横に、きれいなお姉さんが立っていたことに初めて気がついたのだ。お姉さんは、白い手袋《てぶくろ》を重ねておじぎをすると、にこやかに片手をあげ、こう言った。

「いらっしゃいませ。本日は上の階で特別バーゲンがございます。どなた様も、どうぞお立《た》ち寄《よ》りください」

どなた様、と言われても、そこにいるお客はオレだけだった。上の階って、レストラン街じゃないの？　変わったのかな？　じゃ、星野屋《ほしのや》は？　オレは、お姉さんの透《す》き通《とお》るように青白い横顔をチラ見しながら、エレベーターに乗《の》り込《こ》んだ。

「上へまいりまーす」

お姉さんが手をあげると、お香《こう》のような香《かお》りがした。ばあちゃんちでかいだ、香《かお》りつきの線香《せんこう》みたいなにおいだ。

床《ゆか》すれすれまでの長いスカートは、エレベーターガールにはめずらしいユニフォームだ。ふとドアの上を見ると、各階を示《しめ》すランプは七階を通《とお》り越《こ》して、数字の書いていないランプが、ぼんやり電球色に点滅《てんめつ》している。七階の上に、もう一階できたのか？

「こちらでございます。では、行ってらっしゃいませ」

ドアが開き、お姉さんがオレに手を差し出した。えっ、手ですか？　なんだ？　この、逆《さか》らえないユーワクは……。ついついその手をとるオレ。だが、触《ふ》れてみてぎょっとした。手袋《てぶくろ》の上からでも、氷みたいに冷たいのがわかったのだ。送り出されるように一歩前に出た途端《とたん》、後ろでドアがスッと閉《し》まった。

「えっ、もう？　はやっ」

新しいフロアではないのだろうか。照明はやや暗めで、どことなく古くさい感じがする。そして、寒い。冷房《れいぼう》が効《き》きすぎてる。でも、お客さんはたくさんいて、そこそこにぎわっていた。

「メガネ売り場はこちらです。今おつくりになるとお得ですよ！」

黒髪《くろかみ》を目の上すれすれまで伸《の》ばした、日本人形のような顔の店員さんが声をかけてきた。

「あの、ぼく、メガネは必要ないんで……」

「ごらんになるだけでも、どうぞ」

連れていかれた売り場には、おしゃれなフレームがたくさん並《なら》んでいた。でも、なんだこりゃ。レンズが三つの、ひとつの……。ん？　六つのもある。

「おもしろいジョークっすね、これ」

「あらヤダ、ジョークじゃないですよう。お好きなようにオーダーできますよ。あたしのは、これですもん」

店員さんは、レンズが三つある黒ぶちのメガネをポケットから出すと、さっとかけてみせた。それから、すぐに別のお客さんのほうに行ってしまった。

メガネ屋の隣《となり》は、変わった売り場だった。首だけのマネキンがずらっと並《なら》び、ぜんぶマスクをかけている。無地、花柄《はながら》、アニマル柄《がら》……。マスクはいいとして、マネキンがひどく古い。顔にひびが入っているのもある。いったい、いつの時代のだ？

「いらっしゃいませ。サイズお出ししましょうか？」

「マスク専門店《せんもんてん》……なんですか？　ここ」

そう聞き返して、オレはぎょっとした。店員さんは、大きな真っ赤なマスクをしていたからだ。マスカラばっちりの目だけがのぞいて、せわしなくまばたきしている。

「さようでございます。ゲカイに降《お》りる時は必需品《ひつじゅひん》でございます」

真っ赤なマスクの店員は、目だけでにっこりして、向こうへ行ってしまった。

ゲカイ？　下の階って意味かな？　オレは、あたりを見まわした。変なフロアに来たものだ。お客さんは、みんなどことなくふわふわと、浮足立《うきあしだ》つような足取りで買い物をしている。化粧品売場《けしょうひんうりば》から、お客のおばさんと店員さんの会話が聞こえてきた。

「上手《じょうず》な顔の描《か》き方《かた》、教えてくださらない？」

「まず鼻をお描《か》きになるのがよろしいかと思います」

「くくっ、なんだよ、それ」

思わずつぶやくと、ぐいっと手をつかまれた。その手も氷のようだった。

「ちょうどいいわ。お客さま、こちらに座《すわ》ってお手本になってくださいます？」

「えっ？　オレが？」

「みなさーん。これから、変身メイクレッスンを始めますよー」

店員さんの呼《よ》びかけに、ドヤドヤと人が集まってきた。

「お手本を見て、ご自分で描《か》いてみましょう」

カーテンがさっと開いて、目の前に大きな鏡が現《あらわ》れた。

「まぁ、若《わか》い男の子。いいわねえ」

隣《となり》の椅子《いす》で、お客のおばさんが言った。鏡越《かがみご》しに見て、オレは息をのんだ。首から上は真っ白にぬりたくられ、ただ大きな口だけが、パカッ……。

「うわーっ!!」

「あらー、さっきのお客さんじゃない」

マスカラばっちりのお姉さんが真っ赤なマスクをはずした。目の下には鼻も口もない。

「あたしも、すてきなアイシャドウが欲《ほ》しいんだけど」

日本人形みたいなメガネ売り場の女の子が、さっと前髪《まえがみ》を上げた。おでこの真ん中に、ギョロリと光るもうひとつの目が……。そして、オレをぎっしり取り囲んでいるのは、ひとつ目、六つ目、のっぺらぼうにろくろっくび……。

「ギャー――ッ！　助けて！　いったいここは、どこなんだ！」

「こちらは、本日限《かぎ》りの『よう階』でございます。お帰りのエレベーターは、ただいま点検中《てんけんちゅう》です。今しばらく、この階でお楽しみください。ふふふふ……」

さっきの青白いエレベーターガールが、長いスカートのすそをそっと持ち上げた。あるはずの足は、そこにはなかった。

理想の家族

ぼくは落ち着かない気持ちで、何度も時計を見た。

この地区の学校に転入して一か月。家に友だちが遊びに来るのは、初めてだ。

約束の時間から二十分ほどして、ドアホンが鳴った。

ドアを開けると、友だちがすまなさそうに頭をかいた。

「遅《おそ》くなってごめん。宿題を終わらせないと、遊びに行かせてもらえなくて……」

「そうなんだ。大変だね」

ぼくが他人事《ひとごと》のように言うと、友だちは首をかしげた。

「レオくんは宿題が終わってなくても、遊べるの？」

「うん。何も言われない」

「いいなあ」

うらやましがる友だちに、ぼくは軽く笑ってみせた。

（いいだろう、うちの家族）と、自慢《じまん》する気持ちが少しある。

ぼくの両親は、とても優《やさ》しい。嫌《いや》なことは一切やらせようとしない。好きなだけゲームができるし、テレビも見られる。なんでも、ぼくの自由だ。

友だちと部屋でゲームをしていると、トントンと、お母さんがドアをノックした。

「おやつの用意ができたわよ」

リビングに行くと、友だちは「わあー」と声をあげた。

チョコレートにグミにクッキー、ゼリー、ケーキ、シュークリーム、お団子《だんご》におまんじゅう、おせんべい、ポテトチップスと、いろいろなおやつが並《なら》んでいる。

「デザートビュッフェにしてみたの」

お母さんが飲み物の用意をしながら、ほほ笑《え》んだ。

「スゴーい！」

友だちは大興奮《だいこうふん》。

ぼくらはさっそく、お皿に好きなものを取った。甘《あま》いもののあとに、しょっぱいもの、それから、また甘《あま》いものと、次々に口に入れていく。

「こういうの、一度やってみたかったんだ」

満腹《まんぷく》になるまで食べて、ぼくらはソファにひっくり返った。

「ふー、もう食べられない」

「レオくんはいいなあ。ぼくもこんな家に、生まれたかったなあ」

友だちがため息まじりに、つぶやいた。

(そう、理想の家族だよ)

ぼくは心の中でつぶやき、立ち上がった。

「ゲームの続きをやろう」

友だちが元気よく「うん!」と、うなずいた。

今日はとことん、遊びたかった。思い残すことがないぐらい……。

ゲームが一区切りついた時、友だちが机《つくえ》の横にあるケースを指さした。

「それは楽器？」

「うん、バイオリン」

友だちが、前のめりになった。

「スゴーい。バイオリン、弾《ひ》けるの？　聞きたい！」

ぼくは、とまどった。

「そんな、うまくないし……」

断《ことわ》ったつもりだったけど、友だちは引き下がらなかった。

「えー弾《ひ》いてよ、聞きたい」

ようやく仲よくなれた友だちのリクエストだ。気まずくなるのが嫌《いや》で、ぼくはバイオリンを取り出した。

バイオリンを手にするのは、ひと月ぶり。

弓毛を張《は》り、弦《げん》の調律《ちょうりつ》をしていると、じわじわと、熱い気持ちが湧《わ》き上《あ》がってきた。

やるからには、いい演奏《えんそう》をしたい！

ぼくはすうっと息を吸《す》って、ぐっと弓を引いた。

左手の指で弦《げん》を押《お》さえて音を奏《かな》でていくが、思うように指が動かない。

なんだよ。もっと動いただろっ。

イラつく気持ちを抑《おさ》えて、なんとか一曲弾《ひ》き終《お》えた。

「スゴーい！　プロみたい」

友だちが目をかがやかせて、拍手《はくしゅ》する。

ぼくは黙《だま》って、バイオリンをケースにしまった。


その夜、電話がかかってきた。

「今週でおためし期間が終了《しゅうりょう》しますが、ご利用を続けますか？」

ぼくはきっぱり答えた。

「いえ、やめます」

荷物をまとめて、帰宅《きたく》していたお父さんと、お母さんに頭を下げた。

「お世話になりました」

翌朝《よくあさ》、ぼくは隣《となり》の市にある家に帰った。

本当のお母さんがぼくを迎《むか》えて、にっこり笑った。

「レンタル家族はやめたの？」

ぼくはうなずいた。すぐに防音室《ぼうおんしつ》に入って、バイオリンの練習を始める。

幼《おさな》いころから、ぼくは遊ぶ時間もないほど、バイオリンの練習をしてきた。

「世界的なバイオリニストになるには、どんなに練習しても足りない」

と、お母さんとお父さんに厳《きび》しく言われたからだ。

ぼくはずっと、普通《ふつう》に遊べる、よその家の子がうらやましかった。

でも、家族をレンタルしてみてわかった。

ぼくの才能《さいのう》を伸《の》ばすには、こっちが理想の家族なんだって。

キュートフレンズ

「里香《りか》おはよう。ねえねえ、今日の前髪《まえがみ》変かな」

知世《ちせ》の言葉に里香《りか》はうんざりした。知世《ちせ》の前髪《まえがみ》なら、今日も昨日《きのう》もおとといも、先週も先月も、ほぼ同じだ。特に変化はない。

しかし知世《ちせ》は気になるらしい。セーラー服のリボンも、スカートのプリーツも、スクールソックスも「変じゃない？　おかしくない？」と毎日くり返す。

「知世《ちせ》、変じゃないよ」

中学二年になってから里香《りか》は、知世《ちせ》と、郁《いく》、彩菜《あやな》の四人で行動するようになった。きっかけは「去年同じクラスだったから」。里香《りか》が去年も仲がよかったのは郁《いく》だけだから、最初、ほかのふたりとの会話は「さぐりさぐり」で気疲《きづか》ればかりしていた。

しかしそのうち美人の彩菜《あやな》は、優《やさ》しい雰囲気《ふんいき》を醸《かも》し出《だ》しているわりには、はっきりものを言う性格《せいかく》だとわかった。そのギャップがおもしろいし、彩菜《あやな》と一緒《いっしょ》にいるようになってから男子に話しかけられることも増《ふ》えたので、同じグループになれてラッキーだと思うようになった。

問題は知世《ちせ》だ。里香《りか》は知世《ちせ》の「容姿《ようし》にこだわるトーク」が嫌《いや》で嫌《いや》でしかたがない。特に美人でもないのに外見ばかり気にしているところが「うっとうおしい」と思ってしまう。常《つね》に前髪《まえがみ》を意識《いしき》し、トイレに行くたびに鏡の前で一瞬《いっしゅん》キメ顔をつくる。毎日同じ顔のくせに「今日は目が腫《は》れている」「眉毛《まゆげ》をカットしすぎた」と言っては意見を求めてくる。知世《ちせ》が「わたし、自分の顔が嫌《きら》いなの！」と言ってきた時には、うんざりして「わかる～」と言いたかったけれど、里香《りか》にそんな勇気はなかったので、郁《いく》とふたりで「知世《ちせ》かわいいのに～」とおだてておいた。あ～、疲《つか》れる。

そんな日々が二か月も続くと、だいぶストレスがたまってくる。

里香《りか》は思わず郁《いく》にぼやいてしまった。けれど返事は、

「まあ、そういうお年ごろなんだよ。おもしろいからいいじゃない」

とそっけない。

郁《いく》はその場のノリで適当《てきとう》に返事をしたり、思ったことをそのまま口にしたりする。だが「郁《いく》は天然だから」で済《す》んでしまう得な性格《せいかく》だ。

「郁《いく》は特別だからなあ。わたしは気にさわるんだよね」

ぐちを言う相手としては、郁《いく》では物足りないので、里香《りか》は、彩菜《あやな》にも同じことを言ってみた。

「知世《ちせ》ってよくかわいくなりたいとか、自分の顔が嫌《きら》いとか言って疲《つか》れない？」

「え？　そうだっけ……？　わたし、聞いたことないけど。知世《ちせ》って、そういうの気にしないタイプかと思っていたわ」

知世《ちせ》は、四人グループのうち、彩菜《あやな》に対してだけは「容姿《ようし》にこだわるトーク」をしていないらしい。

（そりゃ、美人の彩菜《あやな》に「自分の見た目」に関して話すのは勇気がいることだけどさ。

……あれ？）

里香《りか》はそこで気がついた。彩菜《あやな》に気おくれして言いにくいことを、里香《りか》に言えるのはなぜか？

（それって知世《ちせ》が「自分が勝ってる」と思っている相手を選んで話してるってこと？

わたしなら「知世《ちせ》かわいい」って言って当然だってこと？）

なんていまいましい。里香《りか》の怒《いか》りが頂点《ちょうてん》に達する。

（そりゃ、わたしは彩菜《あやな》ほど整った顔はしていないけれど、でもスゴくイケてないわけではないし、クラスでもオシャレなほうだし、知世《ちせ》に負けているとは思えない！）

その夜、電話で里香《りか》はその話を郁《いく》に伝えた。郁《いく》はいきどおる里香《りか》を「まあまあ」となだめる。

「いいじゃない、ほっとけば。腹《はら》を立てるってことは自分も同列ってことだよ」

「同列？」

「自分も容姿《ようし》を気にしてる、里香《りか》も他人からかわいく見られたいって思ってるってこと」

「まさか！　わたしはちがうよ。かわいく見られたいなんて考えたことない。だからこそ、逆《ぎゃく》に、前髪《まえがみ》一ミリで大騒《おおさわ》ぎする知世《ちせ》が嫌《いや》なの！」

その日から里香《りか》は「なんとかして知世《ちせ》をやりこめたい」と思うようになっていった。

（ああ、知世《ちせ》が「自分を知る」いい機会はないかしら）

六月も終わり、暑さが本格的《ほんかくてき》になってきたころ、里香《りか》は市が発行している情報誌《じょうほうし》の見出しに目をとめた。

《～オーディションのお知らせ～夏祭り当日パレードで踊《おど》る中学生、大募集《だいぼしゅう》！》

（これだ！）

里香《りか》はさっそく四人全員で応募《おうぼ》しようと提案《ていあん》した。

もともとモデルなどに興味《きょうみ》のあった彩菜《あやな》はすぐ食いついた。郁《いく》は「みんながやるならやる」と言った。知世《ちせ》は、気になるそぶりを見せながら、「あんまり興味《きょうみ》ないなあ」と顔をしかめる。

「どうせ夏祭りには行くんだし。パレードの真ん中で踊《おど》るか、外側で踊《おど》るかのちがいだけだよ。中学二年の夏の思い出づくりだよ。みんなで何かにチャレンジしてみようよ！」

里香《りか》は知世《ちせ》に応募用紙《おうぼようし》を押《お》しつけた。

オーディションという客観的なモノサシでふるい落とされれば、知世《ちせ》も現実《げんじつ》を知り、寝不足《ねぶそく》による顔の変化なんて「他人にはどうでもいいことだ」とわかるだろう。

案の定、心の奥底《おくそこ》では自分に自信のない知世《ちせ》は弱気になりだした。

「でも書類なんて面倒《めんどう》くさいよね。適当《てきとう》に書いておこうか」

里香《りか》はキッと目を光らせ、

「ダメよ。わたしたちは遊びでも、選考する大人《おとな》は仕事なんだよ。ちゃんと書いておかないと失礼だよ！」

と言い放った。知世《ちせ》がきちんと応募書類《おうぼしょるい》を書いて封《ふう》をするまで、しっかり見届《みとど》けなくては。

ところが里香自身《りかじしん》は、写真のプリントに手間取った上にカゼを引いてしまい、応募期《おうぼき》限《げん》ぎりぎりに、あわてて書類を書きあげて郵便《ゆうびん》ポストへ投函《とうかん》する羽目になってしまった。

あとから思えば空欄《くうらん》もあったような気がする。


一か月後、期末テストの前に、希望者のための勉強会が開かれた。勉強会といってもほぼ自習で、先生は呼《よ》びに行かないと来ないので、みんな好き勝手にお菓子《かし》を食べたりおしゃべりしたりしてすごしている。

キラリラリーン。

「あ、一次審査《しんさ》の結果だ」

スマホを持っている彩菜《あやな》が自分にきたメールを確認《かくにん》する。

「あ、一次審査合格《しんさごうかく》したよ」

彩菜《あやな》への当選メールから夏祭りの公式サイトへ飛び、IDを入力するとほかのメンバーの合否《ごうひ》もわかるようになっている。ほかの三人も次々IDを入力してもらう。

結果、里香《りか》以外の三人が一次審査《しんさ》に受かっていた。里香《りか》だけ選外だ。

「あれ、わたし……あれれ?」

隣《となり》のクラスでも合格者《ごうかくしゃ》が出たらしく、騒《さわ》がしい。

四人は廊下《ろうか》に出た。同じように合格《ごうかく》したらしい、隣《となり》のクラスの子が笑顔《えがお》で近づいてくる。

「みんな受かった? 受かるよね。これって夏祭りの広報《こうほう》も兼《か》ねているから、地元の子は書類をしっかり書いていれば、よっぽど残念な容姿《ようし》じゃない限《かぎ》り、一次審査《しんさ》は通るんだって」

三人があわれみの表情《ひょうじょう》で里香《りか》を見る。

「あ、書類、わたし……」

里香《りか》は書類をきちんと書かなかったことを思い出した。弁解《べんかい》したい。でも信じてもらえるだろうか?

郁《いく》が隣《となり》のクラスの子に言う。

「こっちは里香《りか》だけ落ちたんだよ」

(そんな大きな声で言わなくても！　こういう時の郁《いく》はデリカシーがなくてひどい)

彩菜《あやな》がポンと里香《りか》の肩《かた》を叩《たた》き、

「まあ、オーディションっていっても市が主催《しゅさい》でしょう。慣《な》れない市役所の人が自分の好みだけで選んだのかもしれないし。気にすることないよ」

となぐさめてくる。

(彩菜《あやな》なら、どこが主催《しゅさい》でだれが審査員《しんさいん》でも合格《ごうかく》でしょうよ)

里香《りか》が無理をして笑顔《えがお》をつくろうとした時、知世《ちせ》が言った。

「でもわたしは里香《りか》のこと、かわいいと思ってるよ」

(ぜったい思ってない！)

知世《ちせ》のその言葉を聞いて、思わず里香《りか》は口走ってしまった。

「わたし、実は、書類に空欄《くうらん》があるまま提出《ていしゅつ》しちゃって……。時間がなかったんだ」

「あ、そうだったの？　だから落ちたのか。うんうん。わかるよ。きちんと書かなきゃダメって里香《りか》も自分で言ってたもんね。書類のせいじゃしかたないよね」

知世《ちせ》の目が笑っている。これは信じていない顔だ。

夏祭り当日。

「里香《りか》、わたし、変かな？　やっぱりわたし、ブサイクだよねえ」

「そんなことないよ。知世《ちせ》、かわいいよ」

夏祭りの中学生ダンサーのオーディション合格者《ごうかくしゃ》百人の中に三人とも入り、里香《りか》だけが規制《きせい》ロープの外側で三人に向かって手を振《ふ》っていた。

自分探《さが》し

【×月×日】

ダメだ。もう限界《げんかい》だ。

ボクは、平凡《へいぼん》な毎日にうんざりしている。

毎朝七時に起床《きしょう》。八時に家を出て九時から会社で働く。十二時に昼メシを食べる以外は一日中パソコンの前でデータを見ているだけ。残業も多いし、家に帰るのも十二時すぎ。コンビニで買った弁当《べんとう》とビールが晩《ばん》メシで、疲《つか》れて寝《ね》てしまうと次の日の朝になっている。こうして家と会社の往復《おうふく》で一日がすぎていく……。

休みの日といえば、平日の疲《つか》れがたまっていて昼すぎまで起きられない。起きても、何もしたいと思えず、ボーッとテレビやスマートフォンを見て休日は終わってしまう。

こんな毎日、もう嫌《いや》だ……。


日記を読み返してボクは、こう思った。

（こんなの本当の自分じゃない！　本当の自分を探《さが》しに行かなきゃ）

明日《あした》は会社を休んで、自分探《さが》しの旅に出よう。


【×月△日】

新幹線《しんかんせん》とバスを乗《の》り継《つ》いだボクは、海辺の町を歩いている。

バス停からの坂道を下って歩いていくと、道の先にキラキラと光る海が見えた。

そうだ。ボクには、こんな非日常的《ひにちじょうてき》な風景が必要なんだ！

ウキウキして坂道を下っていくと、港が見えてきた。たくさんの船、青い空を気持ちよさそうに舞《ま》っている鳥たち。潮《しお》の香《かお》りが気持ちいい。

ここなら、本当の自分を見つけられるかもしれない。ボクは海沿《うみぞ》いの道をゆっくり歩くことにした。

しばらく歩くと、道の向こう側から、見覚えのある格好《かっこう》をした若《わか》い男が、ボクに手を振《ふ》っているのが見えた。

ん？　初めて訪《おとず》れた港町でボクに手を振《ふ》っている人ってだれだろう。

そう思ってボクは目をこらし、徐々《じょじょ》に近づいてくる人物を見てびっくりした。

ボクだった。

今ボクが着ているのと、まったく同じ服を着て、同じ顔をしている。

「やあ」と彼《かれ》が声をかけてくる。

「あ、あなたは？」

「見ればわかるだろ。キミが探《さが》していた、本当の自分だよ」

そう言って「本当の自分」は、ボクに笑いかける。

「キミは、家と会社の往復《おうふく》で一日がすぎていく平凡《へいぼん》な毎日にうんざりしてたんだよね。

それで（こんなの本当の自分じゃない！　本当の自分を探《さが》しに行かなきゃ）って思ったんだろ。だからほら、本当の自分を、キミはついに見つけたんだよ」

「え、でも、今までの自分は」

「そりゃあもう。キミは、本当の自分を探《さが》し当《あ》てたんだから」

「本当の自分」は、ボクを見てニヤニヤと笑っていた。

【×月〇日】

というわけで、この日記は今日から「本当の自分」が書いている。

もうボクは、平凡《へいぼん》な毎日にうんざりしていた自分ではない！「本当の自分」は、今日も元気に起きて、会社でバリバリ仕事をして、充実《じゅうじつ》したアフターファイブをすごしてから、家に帰ってこの日記を書いている。毎日が楽しくてしかたないんだ。

「今までの自分」はどうなったかって？

わかるだろ。この世に自分は、ふたりもいらないからね。

ロボット彼氏《かれし》

「見て、ミオ。すてきでしょ？　どっちのドレスがいい？」

ショッピングから帰ってくるなり、ママが浮《う》かれてあたしに聞いた。右手には羽みたいに美しい空色のドレス。左手には花のようなオレンジ色のドレスを持っている。

「どっちもいらない」

あたしはそっけなく答え、パソコンにかじりついて計算式に没頭《ぼっとう》した。机《つくえ》に置いた立体ディスプレイの上で、黄色いモンスターがクルンと回転し、突然《とつぜん》バタッと倒《たお》れる。

「ああ、また失敗！　このロボットの設計図《せっけいず》、どこにミスがあるんだろう？」

あたしは髪《かみ》をかきむしってボタンを押《お》し、目の前にプカプカと浮《う》かんでいたモンスターを消した。ロボット工学の天才博士であるパパだったら、かんたんにミスを見つけられるんだろう。でも、あたしはあたしのやり方で、新しいロボットをつくり出したいのだ。

ママがキッチンで召使《めしつか》いのカイトに相談している。

「カイトはどう思う？　ミオに似合《にあ》うドレスはどっちかしら」

完璧《かんぺき》にセッティングされたダイニングテーブルに、一流レストランのシェフがつくったようなディナーを並《なら》べていたカイトが、仕事の手を休めることなくスラスラと答えた。

「パーソナルカラーの診断《しんだん》ですね。ミオの肌色《はだいろ》は、白くてややピンク色を帯びています。瞳《ひとみ》も髪《かみ》もソフトなブラウンですから、明るく優《やさ》しいブルーが似合《にあ》うでしょう」

顔を上げたあたしを見て、にっこりとほほ笑《え》む。整った顔立ちと知的なダークブラウンの瞳《ひとみ》。どこから見ても美しい青年、ＫＡＩ《カイ》－10《ト》――通称《つうしょう》カイトが人型ロボットだなんて、絶対《ぜったい》にだれも気がつかないだろう。カイトはパパが研究を重ねて完成させた最新鋭《さいしんえい》のロボットで、わが家の召使《めしつか》いとして人間とのコミュニケーションを学んでいる。

「余計《よけい》なアドバイスをしないでよ、カイト。おしゃれにもドレスにも興味《きょうみ》なんてないの」

「失礼。そうでしたね」かしこまっているけど、どこかからかっているようにも見える。

「でも、ミオ。あなた、高校の卒業パーティーはどうするのよ。何を着るつもり?」

ママの言葉で、あたしは自分が窮地《きゅうち》に立たされていることを思い出した。来週のパーティーにあたしと参加してくれる慈悲深《じひぶか》い男子をひとりも見つけられなかったのだ。

気がつくと、三年生の男子は、最後のひとりまで余《あま》っていなかった。うっかり忘《わす》れたあたしも悪いが、全女子より全男子がひとり少ないんだからしかたがない。そのうえ、たいていの女子は高校に入学した瞬間《しゅんかん》から卒業パーティーのパートナーを探《さが》すのだ。ひたすら勉強とロボット工学に打《う》ち込《こ》んでいたあたしに、勝ち目があるはずがない。

「あたし、パーティーは欠席することにする。パートナーがいないから」

あたしがきっぱりとそう言うと、ママが悲鳴に近い声をあげた。

「ダメよ! ダメ! ママがその日をどんなに楽しみにしてきたか。ドレスに靴《くつ》に、リボンも買ったわ。パパのオートマティックカー(自動運転車)も、すでにピカピカ。あとは、笑顔《えがお》のすてきな男の子が、あなたをエスコートしてくれるだけなのよ!」

やれやれ。あたしはため息をつき、ママに言った。

「校内ですら相手を見つけられなかったのに、校外から探《さが》してくるなんてムリだよ」

その時、カイトが控《ひか》えめな口調で提案《ていあん》した。

「よろしければ、私《わたし》がミオをエスコートしましょうか？」

「えっ」同時に声をあげ、思わずカイトを見つめるあたしとママ。あたしが声を発するより早く、ママがパッと顔をかがやかせて反応《はんのう》した。「それがいいわ！」

「待ってよ！　ロボットが高校の卒業パーティーに出席するなんて！」と、あたし。

「でも、ミオには人間のパートナーがいません」と、カイト。そりゃそうだけど。

「パーティーではダンスもするんだよ？　あたしは全然踊《おど》れないし、カイトだって」

「すぐにダンスのプログラムをインプットします。どんな曲でも問題はありません」

カイトはそう言うと、自分の頭を指先で軽く叩《たた》いた。

「そりゃそうでしょうよ。カイトは人間よりもはるかに優秀《ゆうしゅう》なんだから。でも」

反論《はんろん》の言葉を探《さが》すあたしの横で、ママは「よかった！」と、大はしゃぎだ。

「もう。じゃあ、好きにしたらいいよ」あたしはあきらめて言った。

「きっと思い出深い卒業パーティーになりますよ。約束します」

一瞬《いっしゅん》、カイトの顔にいたずらっぽい表情《ひょうじょう》が浮《う》かんだように見えたのも、パパの研究の成果なんだろう。ともかく、最近のカイトが見せる人間っぽさときたら、あたしをわけもなく赤面させるほどなのだ。そう、わけもなく。

それからの三週間は、あっというまだった。あたしは生まれて初めて、人生のムダだと思っていたことを学習した。ヒールのある靴《くつ》を履《は》いての、ダンスレッスン。

もちろん、講師《こうし》はカイトだ。彼《かれ》は何にだってなれる。医師《いし》にだって、パイロットにだって。人に優《やさ》しく、人に忠実《ちゅうじつ》で、自分を犠牲《ぎせい》にしてでも人を助けるロボット。

ただ、今の時点では、人間はそれを許《ゆる》さない。優秀《ゆうしゅう》すぎるロボットを受け入れることができないから。でもあたしは、人間にとってロボットが信頼《しんらい》のおけるパートナーになる日を夢《ゆめ》見ている。パパと同じ研究所で、ロボット工学の可能性《かのうせい》を追い続けたいのだ。

「すばらしく上達しましたね、ミオ」

カイトがあたしの手を取ったまま言った。美しい瞳《ひとみ》に、あたしが映《うつ》っている。あたしは自分の胸《むね》がなぜかドキドキしているのに気づき、あわててカイトから離《はな》れた。

「えっと。明日《あした》は卒業式のあと、ここでドレスに着替《きが》えるよ。ヘアメイクは……」

カイトがいつものように、指先で自分の頭を軽く叩《たた》く。

「インプット済《ず》みです。任《まか》せてください。あなたは何も心配することはありません」

「ありがとう、でも……」あたしはうつむいた。いちばん大きな問題が残っている。

「……パーティーに出るのが怖《こわ》いの。だって、学校でも有名なガリ勉なんだもん。女子力なんて、磨《みが》いたことがなかった。みんながドレスを着たあたしを見て、みっともないって笑ったらどうしよう。ダンスのステップを、ぜんぶ忘《わす》れちゃったらどうしよう」

あたしを励《はげ》ますように、カイトが言った。

「大丈夫《だいじょうぶ》。自分を信じてください。みんなはあなたを見て、おどろくでしょう。あなたがだれよりも賢《かしこ》いだけではなく、美しいことに気がつくでしょう。男子生徒は、あなたを誘《さそ》わなかったことを後悔《こうかい》するにちがいありません」

「まさか。そんなこと、あるわけないよ」

「私《わたし》があなたに嘘《うそ》をついたことがありますか？」カイトが優《やさ》しくほほ笑《え》む。

あたしはなんだか泣き出しそうになって、無理やり笑顔《えがお》をつくってごまかした。


パーティー当日。あたしは、美しい空色のドレスをまとい、細い銀のリボンを編《あ》み込《こ》んだ髪《かみ》と、きゃしゃな銀色の靴《くつ》を履《は》いた女の子が、自分なのだとは信じられずにいた。

「やっぱり、ダメ……」緊張《きんちょう》で足が震《ふる》え出《だ》したあたしに、カイトが言った。

「怖《こわ》がらないで。私《わたし》がいます」

カイトの腕《うで》を取り、思い切って一歩を踏《ふ》み出《だ》したパーティー会場。テープやミラーボールで飾《かざ》りつけられた体育館が、シンと静《しず》まり返《かえ》る。みんなが動きを止めてこちらを見ていた。おどろきに目を見開き、口を開けて。さっきまでうるさいほどに鳴っていた曲が止まったのは、楽器を演奏《えんそう》していた生徒までがあたしたちに釘《くぎ》づけだったからだ。

カイトと一緒《いっしょ》に会場の中央へと歩くあたしの耳に、女子のざわめきが聞こえてくる。

ねえ、あの男子はだれ？　あんなにカッコいい人、学校にいた？　男子の声もする。

あの、スゴくかわいい子はだれだろう？　もっと早く誘《さそ》えばよかった。

「どうです？　言った通りでしょう？」カイトが耳元でささやいた。

あたしたちが踊《おど》り出《だ》すと、楽器を持った生徒があわてて曲の演奏《えんそう》を始める。時が止まったようだった体育館に、再《ふたた》び楽しげな笑い声と音楽が流れだした。

「ありがとう、カイト」

くるくる回る、空色のドレス。それは、夢《ゆめ》のように幸せな時間だった。


パーティーが終わったあと、オートマティックカーの後部座席《こうぶざせき》にふたりで座《すわ》り、家へと向かった。カイトの端正《たんせい》な横顔をそっと見る。ずっと黙《だま》って前を見つめていたカイトが、あたしの視線《しせん》に気づいてこちらに顔を向けた。彼《かれ》はいつものように冷静なカイトではなく、どこか緊張《きんちょう》して、少し苦しげに見えた。

たぶん、あたしの表情《ひょうじょう》も同じなのだと思う。完璧《かんぺき》なロボット彼氏《かれし》。わかっているのに、こんなに強く惹《ひ》かれている。彼《かれ》の思いやりや優《やさ》しさ、あたしを見るまなざしに。

「ミオ。あなたに、告白したいことがあります」カイトが静かに言う。「ずっと胸《むね》に秘《ひ》めていました。あなたへの気持ちを口に出すことは許《ゆる》されるでしょうか」

「……お願い。何も言わないで。どうにもならないことだもの」

そう答えるのがやっとだった。胸《むね》が苦しくてたまらない。込《こ》み上《あ》げたなみだを隠《かく》そうと顔を背《そむ》け、窓《まど》の外に映《うつ》る夜の街並《まちな》みを見つめた。生まれて初めて知った気持ちがあたしを幸せの絶頂《ぜっちょう》に押《お》し上《あ》げ、地面に突《つ》き落《お》とした。あたしはロボットに恋《こい》をして、失恋《しつれん》する。きっと、数式を解《と》くことだけに夢中《むちゅう》で、恋愛《れんあい》の勉強をさぼってきた報《むく》いなんだ。

車が静かに家の前に止まった。滑《すべ》るように開くドア。こらえ切れずあふれたなみだを拭《ぬぐ》いながら、玄関《げんかん》アプローチを早足で歩く。大人《おとな》ぶってヒールの靴《くつ》を履《は》いた足が痛《いた》い。

その時、ポーチに座《すわ》っていただれかが立ち上がり、こちらへ向かって歩いてきた。

「おかえりなさい、ミオ。パーティーはどうでしたか?」

おどろいて、立ち止まる。背《せ》の高い美しい青年が、あたしを見ていた。

「どうしました? 私《わたし》はKAI《カイ》-10《ト》。あなたのお父さまがつくったロボットですよ」

「どういうこと……？　じゃあ、あたしが一緒《いっしょ》にすごした人は？」

「本物の人間ですよ。尊敬《そんけい》する博士のお嬢《じょう》さんを好きになり、告白する勇気を持てなくて悩《なや》んでいた青年です。博士の研究所でインターンをしている工学部の学生で、私《わたし》のモデルなのです。ミオとふたりですごした時間のほとんどは彼《かれ》でした。ふたりが惹《ひ》かれ合《あ》っているのを見て考えたのです。あなたたちが特別に幸せな時間をすごせないかと」

あまりのおどろきで声も出ないあたしに、ロボットのカイトが優《やさ》しく言った。

「彼《かれ》は人間ですが、すばらしく優秀《ゆうしゅう》です。ヘアメイクは私《わたし》の仕事でしたけどね。さあ、彼《かれ》が心配していますよ。あなたを傷《きず》つけたんじゃないかとね。どうします？」

振《ふ》り向《む》くと、車を降《お》りた青年が、まっすぐにあたしのほうを見つめている。

「ああ……ほんとうに？　信じていいの？」

カイトがほほ笑《え》んで答えた。「私《わたし》があなたに嘘《うそ》をついたことがありますか？」

「ありがとう、カイト！　あなたって、本当に最高！」

あたしは泣き笑いしてカイトにギュッと抱《だ》きつくと、青年の元へと駆《か》けだした。

大きな実

とある貧《まず》しい国で、珍《めずら》しい果物が採《と》れた。

その果物はすぐさま国王に献上《けんじょう》された。それを見て、国王は首をかしげた。

「いったい何の実だね、これは？」

立派《りっぱ》な皿の上に、たった数粒《すうつぶ》のせられたサクランボほどの大きさの実は、角度によってまったくちがう色に見える。しかもまるで内側から発光しているような、不思議なかがやきを放っていた。

毒味した大臣は、うっとりとした表情《ひょうじょう》を浮《う》かべ、

「よく熟《う》れた桃《もも》のような、マンゴーのような、ライチのような……とにかく、この世の食べ物とは思えないおいしさです」

それを聞いた王は、その果物を恐《おそ》る恐《おそ》る口へと運んだ。そして、

「うまい！」

と叫《さけ》んだかと思うと、残りの数粒《すうつぶ》をまたたくまに食べてしまった。

「こんなうまい果物があったとは！　しかし、こんな少ない量ではもの足りない。もっとたくさん持ってこい」

「いえ、残念ながら、この実は突然変異《とつぜんへんい》で偶然《ぐうぜん》できたものでして。これ以上手に入れることができないのです」

「なんだって！　ということは、この実は外国にもないのだな？」

「ええ、もちろんです。この国でほんのわずか採《と》れただけですから」

「それは、すばらしい！　運がまわってきたぞ。わが国が豊《ゆた》かになるチャンスだ。いいか、国家予算をいくら使ってもいい。外国から優《すぐ》れた研究者を連れてきて、この実を計画的に栽培《さいばい》するんだ！」

こうして、国家の命運をかけた一大プロジェクトが始まった。

各国から優《すぐ》れた研究者たちが、半ば強引《ごういん》に集められた。そして、十年ほどの月日をかけて、例の実を大量に栽培《さいばい》することに成功したのだ。

栽培《さいばい》開始直後は味が不安定だったが、その問題も徐々《じょじょ》に改善《かいぜん》され、王が初めて口にした時と同じ味の実が、大量に採《と》れるようになったのである。

しかし、この実がこの国の人たちの口に入ることはなかった。生産量のほとんどが、目を疑《うたが》うような高値《たかね》で外国へ売られていったからだ。

ともあれ、この果物のおかげで貧《まず》しかった国はどんどん豊《ゆた》かになっていった。

「この計画は、おもしろいほどにうまく進みましたね。この国もだいぶ豊《ゆた》かになりました。今では、わが国の者だけで栽培《さいばい》ができるようになりましたから、そろそろ研究者たちをそれぞれの国に帰してもいいのでは？」

大臣がこう言うと、王は首を横に振《ふ》った。

「いかん。この計画はまだ終わってはおらん。今度はこの実を、味はそのままにメロンくらいの大きさにするのだ。そして、ますます高値《たかね》で売りつける。外国のおろかな金持ちたちが物珍《ものめずら》しさに大金を払《はら》うのが、目に浮《う》かぶようだ」

こうして、珍《めずら》しい実の研究はさらに続けられることとなった。

味はそのままに、サクランボ大の実をメロンほどの大きさにしろというのは、魔法《まほう》を使えというのと同じようなこと。研究者たちは口々に反対した。しかし、王は決してあきらめなかった。

さらに十年ほどの月日がたって、なんとか王の要望通りの実が育ちはじめた。

ところが、今度はこの実が動物に食べられたり、人間に盗《ぬす》まれたりするようになってしまう。

そこで、王はさらにこの計画に予算を割《さ》いた。

特別な金属《きんぞく》を開発し、この実がある程度《ていど》の大きさまで育ったら、その金属《きんぞく》でできた鍵《かぎ》つきのケースに入れ、そこで育てながら管理することにしたのだ。

この計画は、なかなかうまくいった。天候にも、動物にも、人にも邪魔《じゃま》されずに、完《かん》璧《ぺき》な美しさを保《たも》ったまま、育てることができた。

そして、いよいよ王をはじめとする国の権力者《けんりょくしゃ》たちが、ケースから取り出した実を試食する日がやってきた。

世界中からマスコミが押《お》し寄《よ》せ、たくさんのカメラが注目する中、予想外のできごとが起こった。

試食した人々全員が、口に入れたばかりの果物を勢《いきお》いよく吐《は》き出《だ》したのだ。

「ま、まずい！」

この果物がつくり出す独特《どくとく》な酸《さん》と、特別な金属《きんぞく》の相性《あいしょう》が悪かったらしく、ケースの内側が腐《くさ》って味がすっかり変わってしまったらしい。

結局、この国に残ったのは、とてつもない額《がく》の借金と、まずくて虫も食べないような大きな実だけだった。

洋食屋の客

下町の片隅《かたすみ》に、その洋食屋はオープンした。

名前は「キッチンゴロー」。

シェフは三十二歳《さい》のゴロー。フロア担当《たんとう》は彼《かれ》の妻《つま》であるサヤカ。若《わか》い夫婦《ふうふ》が、小さいながらも念願の店を持つことができた。

「オレたちの店なんだな」

「そうね」

ふたりは店内を見まわす。カウンターに椅子席《いすせき》が八つ。四人掛《が》けのテーブルが二つだけだが、ふたりで店を切《き》り盛《も》りするにはちょうどよかった。

この店は数年前まで別の夫婦《ふうふ》が洋食店を経営《けいえい》していたという。夫が歳《とし》を取ったため、やむなく閉店《へいてん》することになったそうだが、店内がその時のままだったので大きな改装《かいそう》をすることなくオープンできたのだ。

ゴローは高校を卒業したあと、有名な洋食店で働き始めた。皿洗《さらあら》いから始まったつらい修業期間《しゅぎょうきかん》だったが、ぜったいに自分の店を持つんだという強い意志《いし》を持ち続け、めきめきと料理人としての腕《うで》を上げていった。

そんな彼《かれ》を見守ってきたのが、同じ店でウェイトレスのアルバイトをしていたサヤカだった。ひとつ年上の彼女《かのじょ》は、ゴローのひたむきな姿《すがた》に惹《ひ》かれ、いつしかつき合うようになり、結婚《けっこん》したのが数年前のこと。ぜいたくをしないで貯金をして、自分たちの店を持つためにに今日までがんばってきた。

「よし、デミグラスソースの仕込《しこ》みもバッチリ。いい食材も仕入れることができたし、オレたちの店『キッチンゴロー』はついにオープンだ」

「うん。がんばろうね」

入口の看板《かんばん》を「OPEN」にひっくり返し、営業《えいぎょう》が始まった。

「いらっしゃいませ」

緊張《きんちょう》した声でサヤカが迎《むか》え入《い》れると、初めての客が三人も入ってきた。

「また洋食屋が開店したなんて、うれしいねえ」

「ホントホント」

「何を食べようかねえ」

中年の男性《だんせい》たちは、以前ここにあった店を知っているようだ。テーブル席につくと、ハンバーグステーキ定食、ミックスフライ定食、しょうが焼き定食を注文する。

（ここからがオレの腕《うで》の見せどころだ。とびきりおいしい洋食を食べてもらうぞ）

そう思ってゴローが調理を始めると、客のひとりが話しかけてきた。

「ご主人は、前の店主の息子さんかい」

「いえ、ちがいますけど」

「そっかあ。オレたちはてっきり二代目が継《つ》いだと思ってたよ」

――ああ、とゴローは思う。

前の店を知っている常連《じょうれん》さんなら、その味をなつかしんで来てくれたのだろう。けれども今はオレの店だ。オレの味で勝負して、気に入ってもらわないと。

老舗《しにせ》の洋食店で習得した、とびきりのデミグラスソースがある。これを使ってハンバーグやハヤシライスをつくれば、オレの洋食が本物であるとわかってくれるはずだ。

「おまたせしました」

でき上がった料理を、サヤカがテーブルに運ぶと、三人の客は「おお」と声をあげて見入っている。

（どうです、お客さん。これがオレの味です）

そんな気持ちで、ゴローは客が食べている様子を、厨房《ちゅうぼう》からチラチラと見ていた。

キッチンゴローの記念すべきオープン初日。かつての常連《じょうれん》と思われる近所の人たちが次々と来店してくれて、店は大盛況《だいせいきょう》だった。ゴローも、サヤカも、休むヒマなく洋食を提供《ていきょう》し続けて、気がつけばあっというまに一日が終わった。

「初日からお客さんがたくさん来てくれて、いいスタートが切れたな」

「そうね。ここでやっていけそうだわ」

ふたりはニコニコしながら後片《あとかた》づけをしたのだった。


ところが。

オープンしてしばらくは多くの来客があったのだが、日がたつうちに、だんだんと客は減《へ》っていった。

特に常連《じょうれん》と思われるお客さんは、一度来たあと二度と姿《すがた》を見せない。

「みんな、前の店の味を期待して来るから、オレがつくった本格的《ほんかくてき》な洋食は、気に入ってくれないのかな。それとも値段《ねだん》が高いのかな」

ちょっと落《お》ち込《こ》み気味のゴローを、サヤカが励《はげ》ます。

「大丈夫《だいじょうぶ》だって。あなたの洋食はちゃんとしたものだから、今にこの味を気に入ってくれるわよ。それに料金だって決して高くはないわ。この町のほかの洋食屋さんと比《くら》べても、あなたの料理のおいしさからしたら安いくらいよ」

「ありがとう、サヤカ。そう言ってくれると元気が戻《もど》ってくるよ」

せっかくふたりで苦労してオープンさせた洋食屋だ。ちょっと客が来ないだけで落《お》ち込《こ》んでばかりいられない、とゴローは気持ちを切《き》り替《か》えて、おいしい、自分にしかつくれない洋食を提供《ていきょう》していこうと思った。

それでも、客は減《へ》っていく一方だった。新鮮《しんせん》な食材を使いたいから、使わなかった野菜などは捨《す》てざるを得なくなり、赤字になる日が増《ふ》えた。

こんなこともあった。

客が来ないので、ゴローが店の内側から外をのぞいていたところ、前を通りすぎる人がこんなことを話していたのだ。

「この店どう？　新しくできたけど」

「あー、ダメダメ。昔あった店の味を期待したんだけど、味がおしゃれすぎちゃって」

――やっぱり、ここではオレの洋食は受け入れてもらえないんだ。

ガッカリして店の奥《おく》に戻《もど》ると、妻《つま》のサヤカも暗い顔をして座《すわ》っている。手元には電卓《でんたく》と、店の帳簿《ちょうぼ》があった。

「あのね、このままだと今月は赤字で、家賃《やちん》を払《はら》うには借金しないといけないみたい」

「そうか……あと一週間がんばって、それでダメなら、あきらめるしかないな」

ゴローはため息をついた。


次の日。

相変わらず客が来ないキッチンゴローだったが、そろそろ店を閉《し》めようかと片《かた》づけ始めた時にドアが開いた。

「よろしいですかな」

白髪《はくはつ》の老人と、その奥《おく》さんと思われる夫婦《ふうふ》が店に入ってきた。

「いらっしゃいませ。どうぞこちらのお席に」

サヤカがテーブル席にうながすと、老夫婦《ろうふうふ》はなつかしそうに店内を眺《なが》めている。

（ああ、この人たちも前の店の常連《じょうれん》だな）

あきらめの気持ちでゴローがふたりを眺《なが》めていると、夫と目が合った。

「ハンバーグと、ハヤシライスをいただけますかな」

「は、はい」

デミグラスソースを使ったメニューだ。前の店の常連《じょうれん》なら（味がおしゃれすぎる）とか思って、もう来てくれることはないだろう——そう思いながら調理する。

「おまたせしました」

サヤカが運んだハンバーグステーキを夫が、ハヤシライスを妻《つま》が食べる。

少し食べてはウンウンとうなずいて笑っている。もしかして、気に入ってくれた？

「ご主人」と突然《とつぜん》、声をかけられる。

「は、はい」

「私《わたし》はこの味に記憶《きおく》があるのですが、どこかで修業《しゅぎょう》されてきましたか」

「はい、実は」とゴローは、修業《しゅぎょう》してきた有名店の名前を告げる。

「なるほど。お若《わか》いのに、このデミグラスソースは、大したものです」

オープンしてから、料理をほめてもらったことがほとんどなかったので、ゴローは泣きそうなくらいうれしかった。

「こんなにおいしいのに、どうして客が……」と老人はガラガラの店内を見まわす。

「自分の味が、この町の人の好みに合わないんだと思います。あの失礼ですが、前の店の常連《じょうれん》さんですよね」

「ええ、まあ。そんなところです」

「前の店と比《くら》べて、私《わたし》の味は劣《おと》っているのでしょうか」

「そんなことはありませんよ。ねえ、あなた」と妻《つま》がニコニコ笑う。

「そう。私《わたし》はいろんな店の洋食を食べていますが、あなたがつくる料理はどこにも負けていません。この町の人も、それがわかってくるはずですから、あなたは自信を持って、あなたの料理で勝負していけばいいんです。応援《おうえん》させてもらいますよ」

「ありがとうございます！」

「ごちそうさま。おいしかったですよ」

食べ終えた老夫婦《ろうふうふ》は満足そうな顔をして、店を出ていった。

「ねえゴロー。前の常連《じょうれん》さんが、ああ言ってくれるなら」

「ああ。オレ、もう少しがんばってみようと思う」

去っていく老夫婦《ろうふうふ》の背中《せなか》を見ながら、ゴローは笑顔《えがお》を取《と》り戻《もど》していた。

老夫婦《ろうふうふ》は、キッチンゴローをあとにしながら、話していた。

「ねえ、あなた。本当の感想はどうでしたの？」

「ああ。たしかに前の常連《じょうれん》が求める味ではないかもしれないが、彼《かれ》がつくるソースが本物であることはまちがいない。まだ若くて荒削《あらけず》りな料理だが、あの味を続けていけば、きっといい洋食屋になるだろう。つぶれそうだなんて、かつての常連《じょうれん》たちは言っていたが、私《わたし》がおいしいと認《みと》めたなら、彼《かれ》らはまた通ってくれるだろう」

「そうですね。なにせあそこは、私《わたし》とあなたが長年やってきたお店なんですから」

完璧《かんぺき》な未来

夜の十時。

黒崎圭《くろさきけい》が会社でノロノロと業務日誌《ぎょうむにっし》を書いていると、突然《とつぜん》、すべての照明が消えた。

真っ暗なフロアの中に浮《う》き上《あ》がるのは、目の前にあるパソコンのディスプレイだけ。

「なんだよ。俺《おれ》がまだ残ってるのに」

だれかが退社《たいしゃ》する時、圭《けい》がいることに気づかず電源《でんげん》を切ったのだろう。嫌味《いやみ》な上司がわざと消したのかもしれない。圭《けい》は卓上《たくじょう》のカレンダーを見て、思わず顔をしかめた。

「一月十九日か。最悪の日だ。あーあ。人生、やりなおしてーなー」

ため息をついて椅子《いす》に寄《よ》り掛《か》かると、硬《かた》い背《せ》もたれがきしむ。

圭《けい》は常《つね》に不満を抱《かか》えていた。会社だけではなく、人生の何もかもが不満だった。

「仕事はキツいし、給料は安い。アパートはボロ。貯金も友だちもカノジョもナシ。何ひとついいことがない。中三のころの俺《おれ》には想像《そうぞう》もできなかった、負け組人生だ」

パソコンの明かりを頼《たよ》りに、机《つくえ》の引き出しに入った往復《おうふく》ハガキを取り出す。

【二〇一九年度　東山《ひがしやま》中学校　三年一組同窓会《どうそうかい》のご案内】

返信すらしなかった、同窓会《どうそうかい》の案内だった。今のみじめな自分を、かつてのクラスメイトに見られたくなかったのだ。ハガキに記された連名の幹事《かんじ》は、杉山孝《すぎやまたかし》と上原美由《うえはらみゆ》。美由《みゆ》は色白で笑顔《えがお》のかわいい美少女だった。学校中の男子が美由《みゆ》の姿《すがた》を目で追ったものだ。その美由《みゆ》に好きだと告白されたのが圭《けい》だった。

十年前。十五歳《さい》の圭《けい》は、充実《じゅうじつ》した学校生活を送っていた。成績《せいせき》は上位だったたし、スポーツも得意で、陸上部の部長だった。短距離走《たんきょりそう》の大会記録も持つほど足が速かったから、体育祭のリレーでは毎年アンカー。学校中の声援《せいえん》の中、胸《むね》を張《は》ってゴールテープを切った。教師《きょうし》には信頼《しんらい》され、生徒会の役員も難《なん》なくこなした。学校推薦《すいせん》で名門高へ進み、その先には自分にふさわしい人生が待っていると信じていた。中学三年のあの日までは。

「本当に俺《おれ》は、なんてバカだったんだろう」

圭《けい》は自分の浅はかさを呪《のろ》った。何もかも、台なしにしてしまったのは自分なのだ。

圭《けい》の思い出の中には、今もセーラー服を着て笑っている美由《みゆ》の姿《すがた》がある。

「二十五歳《さい》か。どうしているかな」

ふと思いつき、圭《けい》はパソコンでSNSのサイトを開いた。自分が撮《と》った写真やかんたんな日記を投稿《とうこう》してインターネットで公開する、世界中で人気のSNSだ。圭《けい》がこのサイトに登録したのは、十年前。ここに充実《じゅうじつ》した人生を記録していくはずだった。だが、結局、一度も投稿《とうこう》はしていない。登録した翌日《よくじつ》に、圭《けい》の人生が急変したからだ。

だが、美由《みゆ》の今をこっそり見るには好都合かもしれない。

「上原美由《うえはらみゆ》。東山《ひがしやま》中学校出身……」

同窓会《どうそうかい》の案内状《あんないじょう》にあった電話番号をもとに検索《けんさく》すると、美由《みゆ》のページはすぐに見つかった。トップページには、大人《おとな》になった、美しい美由《みゆ》の写真がある。

あのころと変わらない笑顔《えがお》。だが、今の圭《けい》にはもう手が届《とど》かない相手なのだ。

美由《みゆ》が投稿《とうこう》した記事のほとんどは、彼女《かのじょ》の友人だけしか見ることができないように設定《せってい》されていた。鍵《かぎ》のかかったページを圭《けい》がのぞくことは、もちろんできない。

美由《みゆ》がSNSで交流している友だちの一覧《いちらん》に、同窓会《どうそうかい》の幹事《かんじ》をしていた杉山《すぎやま》の名があった。気になって彼《かれ》のページを開いたとたん、圭《けい》は、殴《なぐ》られたようなショックを受けた。

「これが、あの杉山《すぎやま》?」

杉山孝《すぎやまたかし》。中学のころ、だれにも見向きもされなかった、真面目《まじめ》だけが取《と》り柄《え》のつまらない男。だが、杉山《すぎやま》が投稿《とうこう》した写真や日記は、圭《けい》が夢《ゆめ》に描《えが》いていた人生そのものだった。

有名大学を卒業し、一流企業《いちりゅうきぎょう》で生き生きと働いている杉山《すぎやま》。多くの友だちに囲まれ、笑顔《えがお》ですごす充実《じゅうじつ》した日々。彼《かれ》の隣《となり》には優《やさ》しい笑顔《えがお》の美由《みゆ》が寄《よ》りそっていた。

「美由《みゆ》は杉山《すぎやま》とつき合っているのか」

圭《けい》の胸《むね》は、妬《ねた》ましさで焼けつくようだった。中学を卒業してから十年たった今、杉山《すぎやま》は、圭《けい》が歩むはずだった人生を乗っ取ったかのように幸せに暮《く》らしている。

圭《けい》は、悔《くや》しさにギリギリと歯ぎしりした。

「あの時、まちがいを犯《おか》さなければ……」

十年間、圭《けい》は自分の人生を大きく変えてしまった判断《はんだん》を、ずっと後悔《こうかい》し続けていた。

あの時の自分に忠告《ちゅうこく》してやりたい。なんとしてでも、今の自分の声を届《とど》けたい。

不可能《ふかのう》だとわかっていても、あきらめることができない。圭《けい》は、自分のSNSページを開き、十年前の日付を入力した。

『二〇〇九年一月十九日・二十二時』

あの夜。十五歳《さい》の圭《けい》はパソコンに向かい、このサイトに会員登録をして時間をつぶしていた。気持ちが落ち着かず、勉強が手につかなかったからだ。

過去《かこ》の自分に向け、圭《けい》はメッセージを打《う》ち込《こ》みはじめた。

『黒崎圭《くろさきけい》。俺《おれ》は二十五歳《さい》のお前だ。これからお前に重大な忠告《ちゅうこく》をする。お前は明日《あした》、ある大きな過《あやま》ちを犯《おか》し、その後の人生を台なしにするんだ』

自分がどれほどバカげたことをしているか、わかっている。だが、どうしても書かずにはいられなかったのだ。熱に浮《う》かされたように、キーボードを叩《たた》く。

『お前は成績《せいせき》もよく、スポーツも得意な人気者だった。上原美由《うえはらみゆ》に好きだと告白され、つき合い始めた。自分は勝ち組だと、調子に乗っていただろう？　他校の不良とつき合い始めたのも、カッコいい自分に酔《よ》っていたからだ。そのうち、お前は真面目《まじめ》に勉強しなくなった。急激《きゅうげき》に成績《せいせき》が落ち、あてにしていた名門高校への学校推薦《すいせん》があやしくなった。一月二十日《はつか》に校内で行われる認定試験《にんていしけん》の結果が悪ければ、推薦枠《すいせんわく》から外されてしまう。他生徒ががんばっている中、一般受験《いっぱんじゅけん》で合格《ごうかく》できる確証《かくしょう》はない。お前はあせった』

圭《けい》の脳裏《のうり》に、教官室にいる中学三年生の自分の姿《すがた》がよぎる。偶然《ぐうぜん》、教師《きょうし》が保管《ほかん》していた試験問題を見つけ、それを悪用する誘惑《ゆうわく》に逆《さか》らえなかった自分。

『お前がつくったカンニングペーパーは、今、制服《せいふく》の右袖《みぎそで》に隠《かく》されている。それが明日《あした》の試験中、監督《かんとく》の教師《きょうし》に見つかるんだ。お前は推薦資格《すいせんしかく》を失うばかりか、すべてを失う。親を泣かせ、友だちの信頼《しんらい》を失い、美由《みゆ》を失う。その後は何をやってもうまくいかない。大人《おとな》になってみじめな仕事をしながら、思い通りにならない人生に絶望《ぜつぼう》するんだ。そうなりたくなかったら……お前が望む未来を手に入れたければ、俺《おれ》の忠告《ちゅうこく》を聞け――』

それから圭《けい》は、いちばん重要な最後の一文を打ち込《こ》み、投稿《とうこう》ボタンを押《お》した。

すると、次の瞬間《しゅんかん》。暗闇《くらやみ》に包まれていたフロアがパッと明るくなった。

まぶしさに目を瞬《まばた》きしながらあたりを見渡《みわた》した圭《けい》が、「あっ」と声をあげる。

すべてが一変していた。

圭《けい》は、豪華《ごうか》で洗練《せんれん》されたオフィスの中にいた。上質《じょうしつ》なスーツを身に着けた圭《けい》が座《すわ》るのは高い背《せ》もたれのある黒革《くろかわ》の椅子《いす》。その位置は、まちがいなく、会社のトップのものだ。

磨《みが》かれた広い机《つくえ》にのっているパソコンに、今日の日付が表示《ひょうじ》されている。

『二〇一九年一月十九日・二十二時』

ディスプレイには、圭《けい》のSNSページが映《うつ》し出《だ》されていた。仕事も私生活《しせいかつ》も充実《じゅうじつ》し、自信に満ち溢《あふ》れた圭《けい》の写真。都心のタワーマンションに住み、高級車を乗りまわす圭《けい》。

そして、傍《かたわ》らには美しい美由《みゆ》がいる。

「やったぞ！　未来が変わった！　過去《かこ》の俺《おれ》がメッセージを読んだんだ」

成功に酔《よ》いしれ、圭《けい》はクスクスと笑いはじめた。こんなにうまくいくとは。

あの日の自分に送った最後の一文はこうだ。

『――いいか？　カンニングペーパーは左袖《ひだりそで》に隠《かく》せ』

カンニングが成功したおかげで、みじめな人生を歩まずに済《す》んだのだ。それどころか、想像《そうぞう》をはるかに超《こ》えたすばらしい人生を手に入れた。十五歳《さい》のあの日、俺《おれ》は新しい未来をスタートさせたんだ……！

椅子《いす》から立ち上がり、高層階《こうそうかい》のオフィスビルの窓《まど》から、王のように夜の街を見下ろす。

「完璧《かんぺき》な未来だ！」

満足して高笑いしたその時、オフィスのドアが乱暴《らんぼう》に押《お》し開《ひら》かれた。鋭《するど》い目つきの男たちが何人もフロアに踏《ふ》み込《こ》んできて、圭《けい》を取《と》り押《お》さえる。

「待てよ。お前たちはだれだ？　ここは俺《おれ》の会社だぞ！」

すると、男のひとりが警察手帳《けいさつてちょう》を見せ、圭《けい》を冷たくにらんで言った。

「お前のものじゃない。お前が持っているものはすべて、嘘《うそ》とまやかしで他人から強引《ごういん》にだまし取ったものだ。黒崎圭《くろさきけい》、お前を詐欺《さぎ》及《およ》び巨額《きょがく》の横領《おうりょう》の罪《つみ》で逮捕《たいほ》する」

図書室の彼女《かのじょ》

放課後の図書室って、けっこう好きだ。

昼休みになると、おしゃべりが目的でやってくる女子が多い。そうなると図書委員であるわたしは「静かにしてください」って注意しなくちゃいけないんだけど、放課後になると、自習する子とか本当に本が好きな子しかやってこない。

なので当番がまわってくる放課後は、地味な委員会活動だけど、静かで、のんびりした時間が流れていて心が落ち着くのだ。奥《おく》の窓《まど》からは野球部の練習風景が見えて、かけ声や金属《きんぞく》バットのカキーンって音が響《ひび》くけれど、あまり気にはならない。

それよりも、当番が谷口《たにぐち》くんと一緒《いっしょ》なのがいいのだ。

バスケ部の副キャプテンであり、図書委員長でもある谷口《たにぐち》くんは、部活のない水曜日に受付当番に入っている。わたしは副委員長なんだけど、同じく水曜日に部活がないから、この日になるべく当番になるようにしていた。

今は谷口《たにぐち》くんと一緒《いっしょ》に貸《か》し出《だ》しカウンターにいて、わたしは気づかれないように彼《かれ》の横顔をチラチラと見ていた。

「ふわあああ」

谷口《たにぐち》くんは大きなあくびをして、両腕《りょううで》をぐーんと上に伸《の》ばす。

「ちょ、ちょっと谷口《たにぐち》くん、委員長なんだから、ちゃんとやってよ」

「いーじゃんか。オレちょっと寝不足《ねぶそく》なんだよ」

「夜遅《おそ》くまでゲームでもしてたの？」

「ちがうって。大会が近いからバスケ部の朝練が毎日あるんだよ。いつもより一時間早く起きなきゃいけないから、眠《ねむ》くってさあ」

「ふーん、大変なんだね。でも委員会活動中はしっかりしてよね」

「はいはい……なあ、吉村《よしむら》」

谷口《たにぐち》くんが（あれあれ）と指をさして、わたしの耳元に顔を寄《よ》せる。

わたしはカアッと顔が赤くなるのを必死に抑《おさ》えながら「な、何?」と返した。

すると谷口《たにぐち》くんは、ひそひそ声で「あの奥《おく》の机《つくえ》に座《すわ》ってる女子。いつもあそこに座《すわ》ってるよな」と聞いてくる。

「そ、そうだっけ」

わたしは奥《おく》の窓際《まどぎわ》を見る。

窓《まど》からの光で逆光《ぎゃっこう》になっているけど、大きなテーブルの真ん中にポツリと、ひとりの女子が座《すわ》っているのが見える。それよりも……。

「え、もしかして谷口《たにぐち》くん、あの子のこと」

「そんなんじゃなくって。ただささあ、オレが当番の時、あの子だいたいあそこに座《すわ》ってるのが、前から気になっててさ」

「そうなんだ」

内心でホッとしながら、わたしは改めて彼女《かのじょ》を見た。身長はわたしと同じくらいかな。

黒くて長い髪《かみ》。後《うし》ろ姿《すがた》だから顔は見えない。

今この時間、この図書室には、わたしと谷口《たにぐち》くんを入れて五人しかいなかった。手前のテーブルで調べものをしている女子と、書棚《しょだな》のほうにいて見えないけれど、本好きと思われる隣《となり》のクラスの男子。そしてわたしたちと、窓際《まどぎわ》の彼女《かのじょ》。

「思うんだけどさ。あの子も本が好きなら、図書委員会に勧誘《かんゆう》してもいいかなって」

やっぱり、そういうことなの？　胸《むね》の奥《おく》がチクリと痛《いた》んだ。

不安が湧《わ》き上《あ》がってくるけれど、そんな気持ちをさとられたくないと思って、わたしは冷静をよそおいながら提案《ていあん》する。

「そうね。じゃあ、もうしばらく観察してみましょうよ。本が好きで何冊《なんさつ》も読んでいるようなら、わたしが声をかけてみてもいいよ」

わたしも（ちがう意味で）彼女《かのじょ》のことが気になってしまった。


次の当番日。

放課後の図書室に、あの子はいた。

場所は水曜日と同じ。奥《おく》の窓際《まどぎわ》、大きなテーブルの真ん中で背《せ》を向けている。

谷口《たにぐち》くんは部活でいなかったから、あの話はできない。それでもなんとか情報《じょうほう》を集めたくて、この日当番だった隣《となり》のクラスの男子に聞いてみる。

「ねえ、あの奥《おく》の窓際《まどぎわ》に座《すわ》ってる女子。いつもあそこに座《すわ》ってるよね」

「たしかに。昨日《きのう》もオレ当番だったけど、いた気がする」

やっぱりそうだった。彼女《かのじょ》は放課後、ほとんど毎日あの定位置で本を読んでいる。

そうなると、わたしの好奇心《こうきしん》がムクムクと湧《わ》いてくる。本当に本が好きで、いつも同じ時間、同じ場所にいるのかどうか。それともこの図書室に、いや図書委員に用があって来ているのか。あ、でも雨の日にはいないって聞いたこともある。

わたしは書棚《しょだな》を整理するフリをして、さりげなく彼女《かのじょ》に近づいた。

手元の本は開かれていて、のぞいてみると挿絵《さしえ》の入ったページが見える。あれはわたしも読んだことがある外国の小説だ。休みの日にじっくり読んでも三日以上はかかりそうな分厚《ぶあつ》い本だった。あれが好きなら、相当な本好きだなって思った。

ところが、しばらくたって、もう一度あの子のそばに行ってみると、同じ挿絵《さしえ》のページのまま。つまり、まったく読み進めていないということだ。

あのページの、あの挿絵《さしえ》が気になっていて、ずっと開いたままなの？

それとも何か意味があって、そうしているの？

わたしには、まったくわからなかった。


次の水曜日。

「え、なんだよそれ。わけわかんないよ」

谷口《たにぐち》くんに彼女《かのじょ》の話をすると、予想通りのリアクションだった。

わたしはこっそりと彼女《かのじょ》を指さす。

「ほら、今日もいつもの場所に座《すわ》っているから、谷口《たにぐち》くんも見に行ってみなよ」

「ああ」

そう言って谷口《たにぐち》くんは、さりげなく彼女《かのじょ》のところに行き、しばらくしてもう一度。

「本当だ。吉村《よしむら》の言う通り、ページがめくられていない」

「でしょ」

「なんでだろ」

それは、わたしもずっと考えていた。ほかの図書委員の話を聞いても、やっぱり彼女《かのじょ》は放課後にあの定位置で、本を開いたままだという。こっちに背《せ》を向けているので何をしているのかもわからず、図書委員の間ではちょっとしたミステリーになっていた。

「だったら、委員長であるオレが代表して聞いてくる」

谷口《たにぐち》くんはすぐに行動に出た。彼女《かのじょ》の元へ歩《あゆ》み寄《よ》って、図書室なので小声で話しかける。その会話は遠くからは聞こえなかったけれど、谷口《たにぐち》くんに突然《とつぜん》話しかけられた彼女《かのじょ》はビックリした様子で、大きく首を振《ふ》ったかと思うと急に立ち上がって、本をそのままにして図書室から出ていってしまった。

「え、何？　どうしたの？」

「いやそれが」

谷口《たにぐち》くんはバツが悪そうな顔をして、頭をかいている。

「なんで本を読まないで、ここにずっと座《すわ》ってんのって聞いたんだよ。そうしたら彼女《かのじょ》、なんでもないんです、ごめんなさいって……わけわかんねえ」

謎《なぞ》は深まるばかりだったけど、その日の夕方、わたしと谷口《たにぐち》くんは下校途中《とちゅう》で真相を知ることになった。

「あ、吉村《よしむら》。あれ見ろよ」

谷口《たにぐち》くんが指さす方向、夕日に照らされたふたりの姿《すがた》。

ひとりはいつも図書室にいる彼女《かのじょ》、そしてもうひとりは。

「あいつ、野球部のキャプテンだよ。あ〜そうかぁ、やっと謎《なぞ》が解《と》けた」

図書室の彼女《かのじょ》が見ていたのは本ではなく、晴れた日に奥《おく》の窓《まど》からいちばんよく見える野球部の練習風景だったのだ。

仮《か》面《めん》舞《ぶ》踏《とう》会《かい》

アズベリー家の当主サイモンは、町でいちばんの財力《ざいりょく》と権力《けんりょく》を持つ。屋敷《やしき》には数日前からさまざまな業者が出入りをし、使用人たちも忙《いそが》しく立ち働いていた。サイモンのひとり娘《むすめ》クリスティーナが、二十歳《はたち》になるからだ。

ひと月前、サイモンは妻《つま》に尋《たず》ねた。

「クリスティーナの誕生日《たんじょうび》は、どんなパーティーにしたらいいだろう」

サイモンにとってふたり目の妻《つま》は、華《はな》やかな場が大好きだった。

「今、社交界では仮面舞踏会《かめんぶとうかい》が流行《はや》っているのよ。クリスティーナのパーティーも、そうしましょうよ」

「それはいい。庭で仮面舞踏会《かめんぶとうかい》を開こう」

それから、使用人たちは招待状《しょうたいじょう》の発送、庭の植木の手入れ、ガーデン用テーブルとチェアの搬入《はんにゅう》、料理の準備《じゅんび》などを急ピッチで進めた。

屋敷《やしき》があわただしい空気に包まれる中、クリスティーナは幼《おさな》いころのパーティーを思い出していた。

あのころ、クリスティーナのそばには、実母がいた。

音楽が鳴り出すと、父サイモンは母の手を取って、広間に踊《おど》り出《で》た。

スマートで、背《せ》の高いふたりが踊《おど》る姿《すがた》は美しく、会場にいた全員がうっとりと眺《なが》めた。

それは、クリスティーナが覚えている、数少ない母の記憶《きおく》だった。

クリスティーナが五歳《さい》の時、母はこの屋敷《やしき》からいなくなった。

当時は身分なんて関係なく、近所の人たちがよく屋敷《やしき》に来ていた。母が親しくしていたからだ。母の友だちは、クリスティーナともたくさん遊んでくれた。

（いつから、アズベリー家は上流階級の人とだけ、つき合うようになってしまったのかしら……）

外出する時、クリスティーナは必ず車に乗ったが、いつも近所の人たちの冷ややかな視線《しせん》を感じた。

町中で買いものをしていると、

「あいつらは、われわれ労働者を踏《ふ》み台《だい》にして、金を儲《もう》けているんだ」

と、ささやく声も聞こえた。

（私《わたし》と近所の人たちの間にある壁《かべ》は、もう乗《の》り越《こ》えられないの？　母がいた時のように、親しくしたいのに……）

クリスティーナは、屋敷《やしき》を囲むレンガの塀《へい》を見つめた。

誕生日《たんじょうび》当日。日が沈みかけたころ、庭の一角で音楽隊が軽やかなメロディーを奏《かな》で始めた。

クリスティーナは招待客《しょうたいきゃく》を迎《むか》えるため、テラスに出た。

女性《じょせい》たちは華《はな》やかなドレスをまとい、男性《だんせい》はタキシードを着ている。それぞれに意匠《いしょう》をこらした仮面《かめん》で目のまわりを覆《おお》い、あやしげな雰囲気《ふんいき》を醸《かも》し出《だ》していた。

そんな中、真っ白な仮面《かめん》をつけた男性《だんせい》が、クリスティーナに近づいてきた。

ところどころ白髪《しらが》がまじる短い髪《かみ》に、すらりと伸《の》びた手足。優雅《ゆうが》な立《た》ち居振《いふ》るまいには、紳士《しんし》の風情《ふぜい》が漂《ただよ》っていた。

紳士《しんし》はうやうやしく礼をして、右手を出した。ダンスの誘《さそ》いだ。

（きっと、お父様の仕事関係の方ね）

クリスティーナはマナー通り、左手を紳士《しんし》の手に重ねて踊《おど》りはじめた。

スマートな紳士《しんし》とクリスティーナのステップは流れるようで、会場にいた人々の視線《しせん》が集まった。その時、
ガッチャーン‼

塀《へい》の外からビンが投《な》げ込《こ》まれ、地面で砕《くだ》け散《ち》った。

「キャー」

悲鳴があがり、人々が逃《に》げ惑《まど》う。テーブルや椅子《いす》がなぎ倒《たお》され、会場はめちゃくちゃ

になった。

「クリスティーナ、早くこちらへ！」

サイモンは離《はな》れたところにいるクリスティーナに向かって叫《さけ》び、妻《つま》とともに館に駆《か》け込《こ》んだ。

「われわれも、館に避難《ひなん》しよう」

だれかが叫《さけ》ぶ間も、次々にビンが投《な》げ込《こ》まれる。

塀《へい》の外で怒鳴《どな》る声がした。

「アズベリーなんて、つぶれちまえ！」

「くたばれっ！」

クリスティーナは、その場にしゃがみ込《こ》んだ。突然《とつぜん》投げつけられた悪意に、震《ふる》えることしかできない。

すると、クリスティーナに向かって、ビンが飛んできた。

「危《あぶ》ないっ」

白い仮面《かめん》の紳士《しんし》がクリスティーナの腕《うで》をつかみ、ぐっと引《ひ》き寄《よ》せた。砕《くだ》け散《ち》ったビンの破片《はへん》が、紳士《しんし》の頬《ほお》をかすめる。

「っ……」

紳士《しんし》が顔を伏《ふ》せると、はらりと、仮面《かめん》がはがれ落ちた。

クリスティーナは、あっと目を見開いた。

「あなたは……」

塀《へい》の外で、怒声《どせい》が飛んだ。

「そこを動くな！」

「あいつらを、つかまえろ！」

「逃《に》げろっ」

バタバタと、靴音《くつおと》が響《ひび》く。

騒々《そうぞう》しい音が遠ざかり、会場にほっとした空気が流れた。

「もう大丈夫《だいじょうぶ》かしら」

「数日前にも、町中で同じような騒《さわ》ぎが起きたばかりだ」

「貧乏人《びんぼうにん》のひがみよ」

招待客《しょうたいきゃく》たちが、話しているのが聞こえる。

クリスティーナはわれに返ったように、まばたきをして立ち上がった。そして白い仮《か》面《めん》を拾い上げて、差し出した。

「ありがとう」

受け取ったのは、紳士《しんし》ではなかった。

なつかしい面影《おもかげ》……、それはクリスティーナの母だった。

母は目を細めて、つぶやいた。

「すてきな女性《じょせい》になったわね」

クリスティーナの目から、なみだがこぼれ落ちる。

「今の騒動《そうどう》を見たでしょう？　アズベリー家のまわりにある壁《かべ》を前に、私《わたし》は何もできない。ただ、おびえるだけ……」

母は静かに首を振《ふ》った。

「いいえ。あなたは小さいころ、だれとでも親しくなれた。むかし、この屋敷《やしき》にはいろいろな人が来ていたでしょう?」

クリスティーナは、きょとんとした。

「ええ。それは、お母様が招《まね》いたからでしょう?」

母はくすっと笑った。

「ちがうわ。あなたが招《まね》いたのよ。小さいころ、あなたは散歩が好きでね。私《わたし》はあなたと近所を歩いてまわった。あなたは道で会った人に近づいていっては、にこにこあいさつしたから、みんな、あなたを好きになった。近所の人はあなたに会いたくて、野菜や花を持って、屋敷《やしき》を訪《たず》ねてくれたの」

「そう……なの?」

「アズベリー家を地域《ちいき》に開き、親しみやすくしたのは、あなたよ。人々が集まるようになったおかげで、アズベリー家は大きな権力《けんりょく》と財力《ざいりょく》を手に入れることができた。あなたには、それだけの力がある」

クリスティーナは信じられない思いで、母を見つめた。

「今のアズベリー家は閉《と》ざされています。私《わたし》に、壁《かべ》を壊《こわ》す力はあるでしょうか？」

「壊《こわ》せるかどうかは、あなたしだいね」

母は再《ふたた》び仮面《かめん》をつけて、その場を離《はな》れた。

「待って！」

クリスティーナが引き止めると、母は振《ふ》り向《む》いて、人指し指をくちびるに当てた。

（私《わたし》が来たことは秘密《ひみつ》よ）という合図だ。

クリスティーナがうなずくと、母はほほ笑《え》み、さっと身を翻《ひるがえ》して会場を出ていった。

クリスティーナは、小さく手を振《ふ》った。

（お母様、ありがとう。私《わたし》、やってみます。いつか壁《かべ》を壊《こわ》すことができたら、また会いに来て……）

執筆担当

桐谷 直（きりたに・なお）

新潟県出身。児童書を中心に、幅広いジャンルを執筆。近著に『冒険のお話を読むだけで自然と身につく！　小学校で習う全漢字1006』（池田書店）がある。

ささき あり

千葉県出身。『おならくらげ』（フレーベル館）で第27回ひろすけ童話賞受賞。ほかに『ぼくらがつくった学校』『ふくろう茶房のライちゃん』（ともに佼成出版社）などがある。

染谷果子（そめや・かこ）

和歌山県出身。著書に『あわい』『ときじくもち』『あやしの保健室1・2』（以上、小峰書店）、共著に『タイムストーリー・5分間の物語』（偕成社）などがある。

長井理佳（ながい・りか）

童話作家、作詞家。童話に『黒ねこ亭でお茶を』（岩崎書店）、『まよいねこポッカリをさがして』（アリス館）ほか。作詞に『山ねこバンガロー』『行き先』『風の道しるべ』ほか多数。

近藤順子（こんどう・じゅんこ）

名古屋市出身。静岡県在住の作家兼ライター。8歳と3歳男児の母。WFPエッセイコンテスト2012最優秀賞をはじめ受賞歴多数。著書に『ないしょの夜おやつ』（ナツメ社）などがある。

ささき かつお

東京都出身。2015年に『モツ焼きウォーズ～立花屋の逆襲～』で第5回ポプラズッコケ文学新人賞大賞を受賞。近著に『空き店舗（幽霊つき）あります』（幻冬舎文庫）。

たかはし みか

秋田県出身。小中学生向けの物語のほか、伝記や読み物など児童書を中心に活躍中。著書に「もちもちぱんだ　もちっとストーリーブック」シリーズ（学研プラス）がある。

萩原弓佳（はぎわら・ゆか）

大阪府出身。創作コンクールつばさ賞童話部門優秀賞受賞の『せなかのともだち』（PHP研究所）で2016年にデビュー。2017年、同作で第28回ひろすけ童話賞受賞。

装丁・本文デザイン・DTP	根本綾子
カバー・本文イラスト	吉田ヨシツギ
校正	みね工房
編集制作	株式会社童夢

3分間ノンストップショートストーリー
ラストで君は「まさか！」と言う　デジャヴ

2017年12月27日　第1版第1刷発行

編　者　PHP研究所
発行者　瀬津　要
発行所　株式会社PHP研究所
東京本部　〒135-8137　江東区豊洲5-6-52
児童書出版部　TEL 03-3520-9635（編集）
児童書普及部　TEL 03-3520-9634（販売）
京都本部　〒601-8411　京都市南区西九条北ノ内町11
PHP INTERFACE https://www.php.co.jp/
印刷所・製本所　凸版印刷株式会社

ISBN978-4-569-78725-1

NDC913　207P　20cm